線路は続くよどこまでも

山田千紘

はじめに

２０１２年７月24日、僕は電車との接触事故によって右腕と両脚を失った。当時20歳だった僕は、大学を中退してケーブルＴＶの営業職として働き始めたばかり。この仕事を天職と感じ、全力で取り組んでいたときに起きた事故だった。

現在、僕は航空関連会社の社員として働きながら日々の生活を送っている。右手と両脚がないことを除いては、女の子と恋愛もすれば、友だちと飲んで騒ぐことが好きな、ごく普通のサラリーマンだ。

事故によって大きな障がいを負った僕が、こうした生活を送れるようになるまでには大きな心の葛藤があった。事故に遭った直後は現実を受け入れられず絶望し、投げやりな感情にもなった。

それでも僕は生きることを諦めなかった。チャレンジし続けることをやめなかった。

壮絶な事故を経験し、そこから生き残った者として、僕はがむしゃらに生きてきた。

僕はユーチューブで「事故で手足3本を失った男」として、様々な動画を発信している。僕の存在を、その動画で知ってくれた人も多いだろう。

左手1本で料理を作り、両脚義足で歩く僕の姿を見て、「元気が出た」とメッセージを送ってくれる方がいる。坂道を上ったり、歌を歌ったりしている僕を見て、「チャレンジをしてみよう」と思ってくれる方がいる。なかでも、自分と同じような重い障がいを持った人から「勇気をもらった」と言ってもらえることが、今の僕の生きがいとなっている。

動画を見て、「山田さんは心が強いですね」「そのメンタルを見習いたい」と言ってくれる人もいるが、僕は決して強い人間じゃない。

ときに絶望感にさいなまれながらも、こうして前向きに人生を歩むことができるのは、多くの人の支えがあったからだ。そして命への感謝が切実にあるからだ。

子どもの頃から僕と共に歩んでくれた家族、友だち。事故に遭った僕を支えてくれた医療関係者の皆さんや、共に障がいを乗り越えた仲間。みんなの応援に支えられて、僕は今、こうして元気に暮らしている。

事故後の過酷なリハビリや、日常生活で起こる様々な困難を「左手1本」で乗り越えられたのは、素晴らしい仲間の支えがあったからだ。

僕はたしかに、ちょっと個性的な体ではあるけれど、そのおかげで気づいたことの多くは、誰にとっても何かしらのヒントになると思っている。だって、生きていくことの喜びや不安、悩みや希望は、大きな視点で見ると、その本質はみんなと大きく変わらないと思うから。

僕の人生という名の「線路」は、ずっとずっと続いている。

この本は、僕の心の支えとなってくれた人とのエピソードを軸に、日々の生活で感じた思いを素直な気持ちで綴《つづ》った1冊だ。障がいに立ち向かう姿だけでなく、弱い自分の姿も隠さず書いてみた。現在の不安に打ちのめされる姿も隠さずさらけ出した。

そして、それでも、前を見て歩いていきたいという思いを、迷うことなくぶつけてみた。

日々苦しみ、葛藤し、それでも未来を見つめて前に進む僕の姿から、何かを感じてもらえるとしたら、それが一番の喜びだ。

山田千紘

線路は続くよどこまでも　目次

Ch.《チャプター》1

予想外の出来事はいつも突然やってくる

Ch.《チャプター》2

転んだら起き上がればいい

Ch.《チャプター》3

目の前にある大きなものは、逆に見えにくい

Ch.《チャプター》4

挫折や孤独やむなしさや不安や怖れやせつなさや

Ch.《チャプター》5

明日を迎えに歩く。走ったっていい

●扉タイトル　著者自筆
●線路内の撮影はひたちなか海浜鉄道株式会社の許可を得て行っています。

Ch.《チャプター》1 予想外の出来事は いつも突然やってくる

手足を失って知ったこと。
絶望の隣には、
静かに希望がたたずむ。

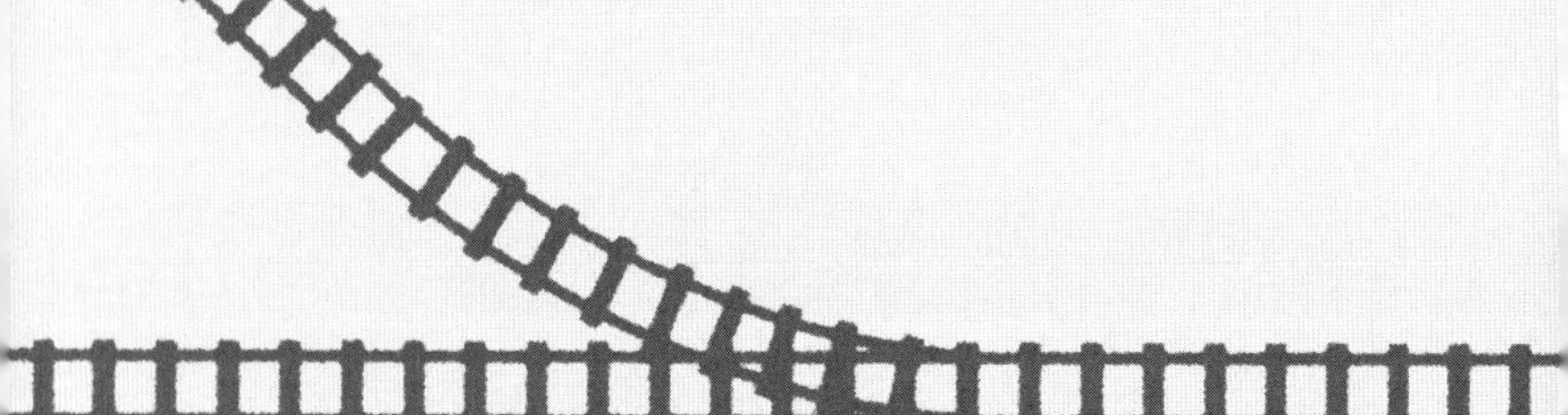

目覚めたら、手足3本がなくなっていた

事故に遭った日、僕は日頃のハードワークで疲れが相当たまっていた。働くことの楽しさに目覚めたばかりの僕は、連日自分を追い込んで仕事に集中し、少し体調を崩していた。

どうにか日中の業務を終えると、先輩と約束していた飲み会になんとか出席し、終電間際の電車に乗り込んだ。

日頃の疲れと睡眠不足、そしてわずかなアルコールの影響もあって、電車の中では爆睡。気がついたら、自宅の最寄り駅をずいぶんと乗り過ごし、終着駅であるＪＲ京浜東北線の磯子駅だった。そこでやっと駅員さんに起こされて目覚めたようだ。「ようだ」と言うのは、このあたりのことは、まったく覚えていないから。

聞いた話によると、僕はプラットホームで再び寝込み、目覚めて慌てて、上り電車に乗ろうとしたとき線路に転落。そこにちょうど終電車がホームに入ってきた。

こうして、僕は電車に轢《ひ》かれた。

目が覚めたらベッドの上だった。

目覚めてすぐ、まだはっきりしない意識の中、右手で目ヤニを取ろうとすると、腕を動かす意識はあるのに、何か違う。腕がない。

「自分の腕が見えない……」

でも手の感覚はある。だから最初は夢だと思った。

「あれ、なんか手がない感じ？　変な夢だな……」

そこが病院だという意識もまだ明確ではなかったから、夢の続きにしか思えなかった。

それが現実だと知ったのは、顔を洗おうと立ち上がった瞬間、ベッドから転げ落ちたからだ。固い床に体がたたきつけられ、あまりの激痛に悲鳴を上げた。

よく、夢か現実かを確かめるために、ほっぺたをつねるようなことがあるけれど、ベッドから落ちた激痛は、まさに痛いほど、それが現実だということを教えてくれた。

ただ、現実だということはよくわかったけれど、それを理解することはできなかった。だって、さっきまであった（少なくとも僕はそう思っていた）右手と両脚がないのだから。

目が覚めたとき、左手1本しかない現実を、いったいどれだけの人が受け止められるのだろう。

両脚と右手を失った自分の体を見て、ただただ涙が込み上げてきた。体の痛みを上回る、絶望の涙だった。

僕の叫び声を聞き、看護師が駆けつけて僕を抱き起こしてくれた。視界に映る病室の様子、自分を介抱する看護師と医師……。僕は自分の身に何かとんでもないことが起こったことを、徐々に理解していった。

「人生終わったな……」

理解はしたけれど、受け入れられるはずはなかった。この体で生きていく自分が見えない。明日の自分の姿が見えない、いや、見たくなかった。

このまま眠りについて、そのまま目覚めず、次の日なんか来なければいい……。

誰にも見えない「希望の種」

こんな感じで、僕は絶望の中にいた。だから当然知る由もないけれど、実は大きな「希望の種」を植えつけてくれていた人がいた。

あとで詳しく説明するけれど、僕の命をつなぐために懸命の治療を行ってくれていた、みなと赤十字病院の医師、看護師、スタッフの皆さんだ。絶望の真っただ中にいた僕には、その希望の種はまったく見えなかったけれど、彼らは確実に小さな種をそっと植えつけてくれていた。

もし、僕が相変わらず絶望の世界の住人でい続けていたなら、その希望の種も、それが育っていく様子も見ることはできなかっただろう。

絶望の隣には、必ず希望がある。誰かがそっと、希望の種を蒔《ま》いてくれている。それを僕はずっとあとに気がついた。

できないことは、
ゲームと同じ。
それを攻略できるかどうか。

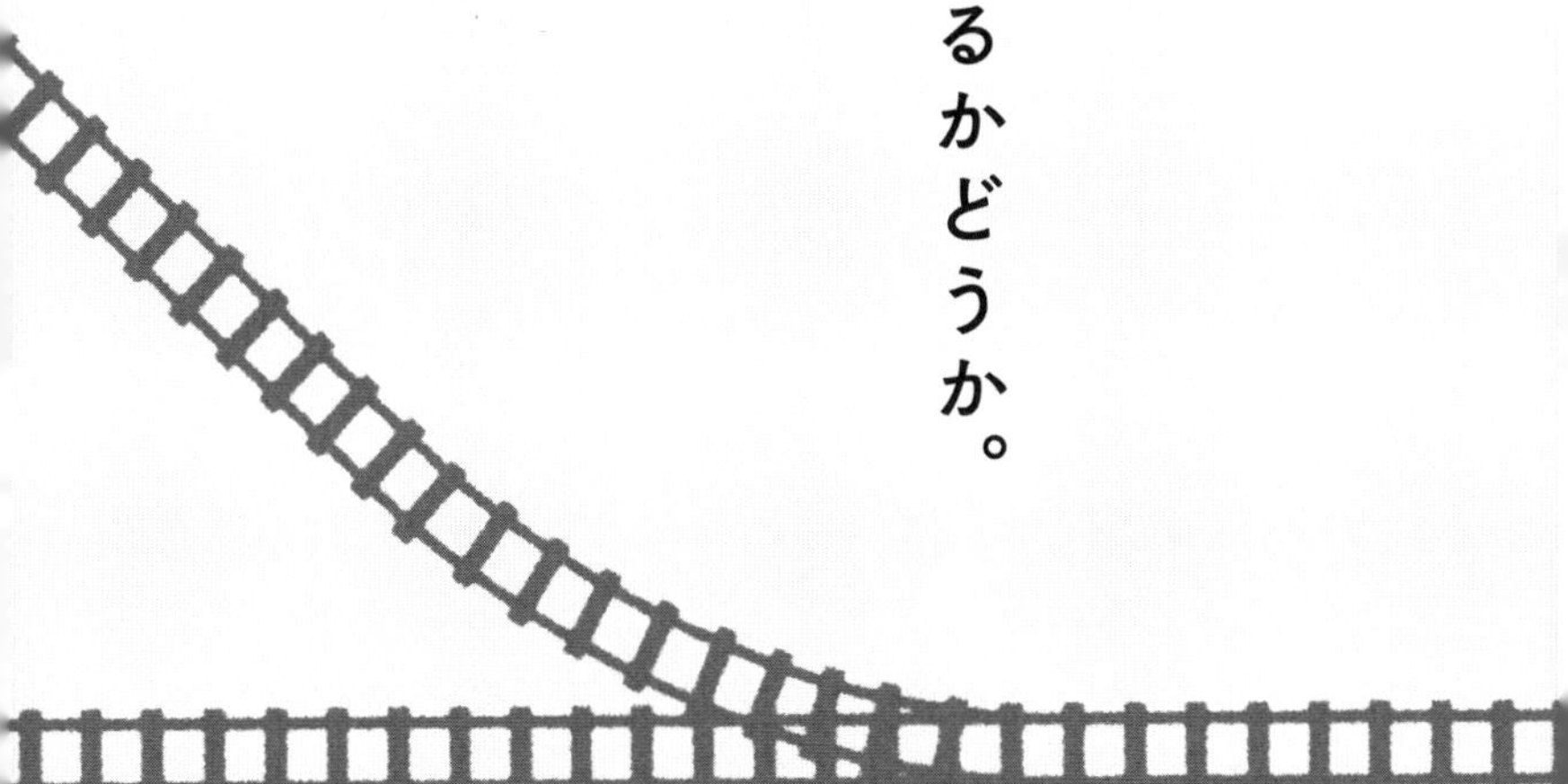

左手ができること、できないこと

意識が回復し、ＩＣＵから一般病棟に移った僕が最初にやらなければならなかったのは、「左手」を使いこなすこと。利き手だったかつての右手のように、これからは僕の相棒になってもらわなければならない。

入院して１か月も経たずに訓練を開始した。

まずは食事ができるようになること。

幼児がスプーンやフォークを持って、たどたどしく食事をしている様子を想像してみてほしい。最初の頃の僕は、きっとあんなふうだったはず。スープをポタポタ、ご飯もポロポロ。使い慣れない筋肉は、なかなか思うように動いてはくれない。だから箸を使いこなすなんて、考えただけでも途方に暮れる思いだった。

左手がやることは、食事だけじゃない。まだまだある。

日常生活の全般を、この左手が支えるわけだけど、たとえば服を着替えるとか、トイレに行くとか、大きな動作はすぐに慣れることができる。力業《ちからわざ》で意外とできちゃうものなんだ。それが効率がいいかとか、きれいにできるかどうかはともかく。

問題は、文字を書くこと。

子どもの頃、ふざけて左手で字を書いたことがあった。そのあまりのヘタっぷりに爆笑したり呆《あき》れたりして、「やっぱり左手で書くの、難しいよなぁ」で終わった。

でも、今はそんなふうに笑っておしまいにすることや、諦めることはできない。

そこで僕は、日記をつけ始めることにした。

最初の日に書いたことは、「あいうえお　かきくけこ　さしすせそ……」「アイウエオ　カキクケコ　サシスセソ……」「ＡＢＣＤＥＦＧ……」「１２３４５６……」「一二三四五六……」。

小学生が習うような基本的な文字を、ゆっくりゆっくり書いていった。

それから、父の名前、母の名前、兄の名前を書き、山手線の駅を一つひとつ30個書いていった。

それだけでも、右手で書いていたときと比べて3倍の時間がかかった。

翌日には、47都道府県を書いてみた。

その翌日には、その日にあったことを書いてみた。やっと日記らしくなってきた。

その日に起こった出来事や食事の内容、様々なことをメモし、時間を見つけてはベッドの上でノートに清書していった。

「今日は、6時過ぎに起きました。そしていつも通りi-Phoneで『ワンピース』の続きを見ました。そうこうしているとあっという間に8時!! 今日の朝食は、ごはんと梅ねりと牛乳と、あとなんだったか忘れちゃった（笑）……」

今読み返してみると、小学生のような文字で、小学生のような文章じゃないか！

もともと文章を書くのは得意ではないけれど、でもこのときは、文章になんてかまっていられなかったんだから仕方ない。

ただただ書く。ひたすら書く。書き続けることが大事だった。

この日記は、その後に退院するまでの2か月半続いた。退院する頃は、文章はともかく、字のほうは自分でも驚くほど上達した。

「左手ゲーム」が始まった！

スプーンやフォーク、箸を使えるようになることや、字が書けるようになることは、次第に僕の楽しみになっていった。それはまるでゲームを攻略していくような感覚に近い。右手でできていたことを全部リセットして、新たなステージを左手でトライしている。そんなゲームだ。

右手でスラスラできていたことができなくなったというもどかしさは、あるにはある。でも、ゆっくりやればいい。ゆっくり丁寧にやればいい。それが「左手ゲーム」のルールであり醍醐味《だいごみ》だ。ルールが違う「右手」と競う必要なんかない。

できないことを目の前にしたとき、僕はゲームに置き換えてみる。何度もゲームにトライするように、それにトライする。攻略できたときの喜びは、単純なゲームのそれより数倍デカい！　それが「左手ゲーム」を攻略してわかったことだ。

人の思いこそ
「最強のアイテム」になる。

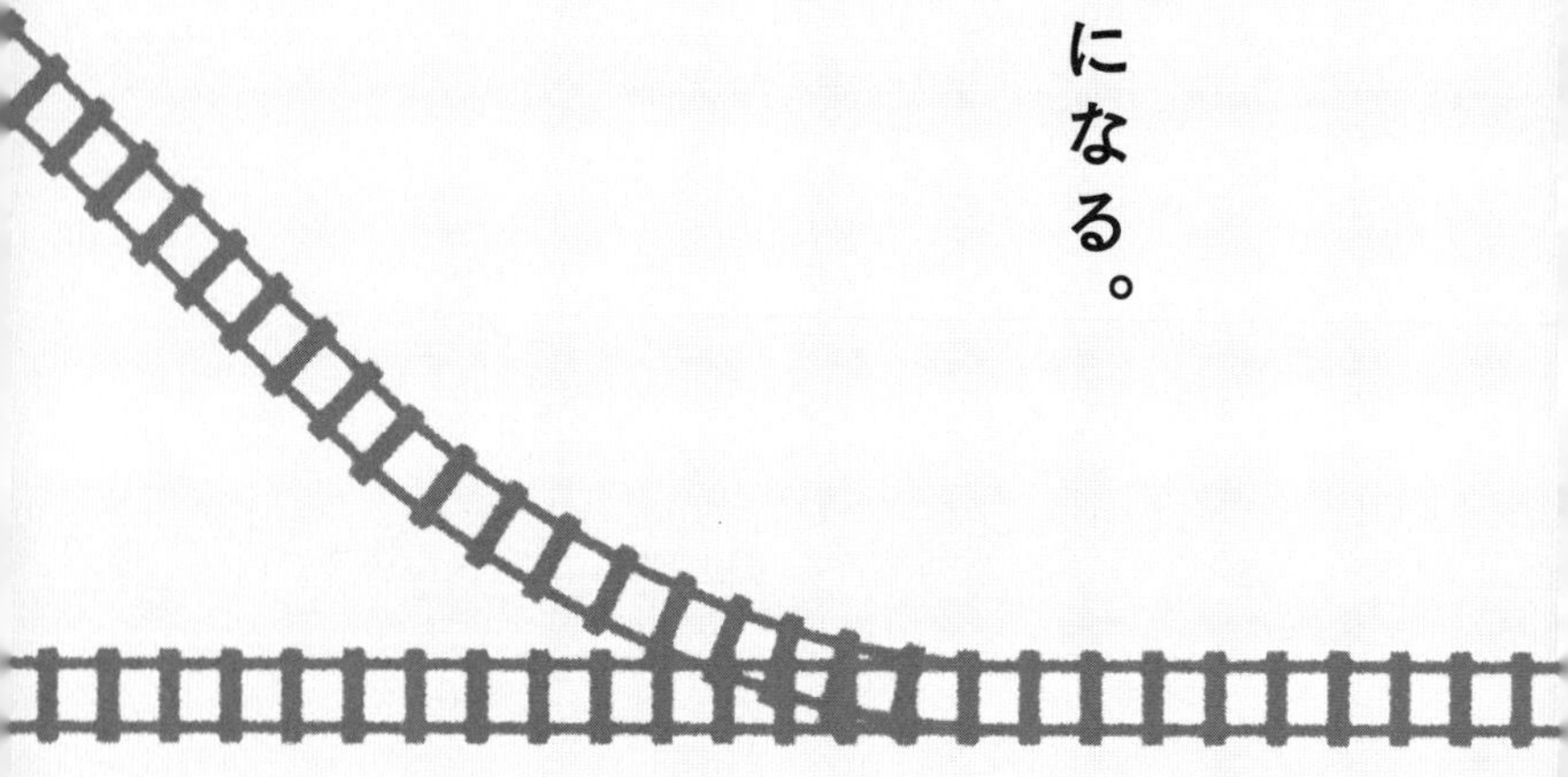

最強の〝アイテム〟——24人の応援団

僕はさっき「できないことはゲームと同じ」と書いたけれど、ゲームを勝ち抜くアイテムはなんだと思う？　ゲームによって「盾」とか「おの」とかあるけれど、僕の場合は、看護師たちの存在だ。

彼らは、本当に最強のアイテム（シツレイ！）だった。

たとえば、毎日の日記を書くとき、僕はあえて看護師たちが見ている前で日記を書くことにした。サボることや投げ出すことができないように、「彼らに見られて書く」というルールを作ったわけだ。

そしてもうひとつは、看護師たちに読んでもらうこと。字は人が読めなければ意味がないからね。多分、僕が入院していた6階病棟6Dの看護師全員が、僕の日記の読者になってくれてたんじゃないだろうか。

僕の日記には、たくさんの看護師が登場している。たとえば「朝何時か忘れたが誰かの気配がして起床。犯人は……『ゆり姉』だった。夜かした大島優子の写真集を返しにきたらしい。って今ですか……（笑）」「やっと担当の倉富先生が帰ってきた。で早速、土産話は？　と聞くと……福岡の魚はうまかった！　だと。え〜福岡はラーメンだろ（笑）。まさかの答えにビックリしてからリハビリスタート!!」

　こんな僕の日記に看護師たちは、会ったときはもちろん、手紙を貼りつけるなどして感想を聞かせてくれる。

「看護師の名前、全問正解、おめでとう!!　多分６Ｄの歴史の中で全員の看護師の名前を覚えたのは山田くんが初めてだよ。スバラシイ!!」「いつも日記見せてくれてありがとう♡　私、ギャルじゃないよー!!　今は白衣の天使みたいでしょ。あ、ウザくてごめんね（笑）」「俺が担当の日の日記、読ませてもらったよ。包帯を何度もやりなおしたのは、自分に納得ができなかったから。そう、あれは向上心と探究心のあらわれなのだ。山田くんを見てるとパワーがわいてきます。見てるだけで愛とか勇気を誰かに与えられるのは、アンパンマンと山田くんぐらいしか知りません。ムリしてんじゃね？　なんて思ってないけど看護師としてじゃなく、男同士、友だちとして何か力になれることがあれば嬉しい」

これが、僕にとって最強のアイテムじゃなくてなんだろう。

人は褒められて育つって言うけれど、見守られて、褒められて、受け止めてもらって、僕はどんどんやる気をもらったんだ。

僕は看護師にあだ名をつけて呼んでいた。頼りがいのある看護師長には「ボス」、僕より8歳年上の男性看護師の河野さんは「お兄ちゃん」、少し年上のゆりえさんは「ゆり姉」、そして「エース」「ミキティ」……まだまだいる。

退院するとき、僕はその日記を病院に置いてきた。お世話になった6階病棟6Dの看護師24人全員に、手書きで感謝の言葉を綴ったメッセージを書き加えて。

人の思いが希望になる

緊急搬送されたこの病院で、僕は最強のアイテムと言える「応援団」に出会った。

そして、この出会いが僕の人生を変えた。

僕も誰かの力になりたい——。心からそう思えたことだ。

これは、今の僕の夢であり希望だ。

それまで僕は、目標があれば突き進むことができた。それこそ事故に遭ったのは、仕事で掲げた自分なりの目標を達成するため、がむしゃらになっていたことが遠因なんだから。

でも、そういう目標とは違い、夢や希望って持とうとして持てるものではないような気がしている。夢や希望は、人から大きな「思い」を受け取ったとき、そして感情を大きく揺さぶられたときに、もたらされるのかもしれない。少なくとも僕は応援団からの思いを受け取って、希望を見いだすことができた。

僕の「ゲーム」はまだまだ続くけれど、僕に授けられたアイテムは、僕が想像する以上に最強みたいだ。

世界中で誰かひとりでも
信じてくれる人がいれば、
絶望は希望に変えられる。

僕は事故か、自殺か？

僕はこの章の冒頭で、希望の種をもらったと書いた。でも、それを理解できたのは、ここ最近のことだ。

僕の活動を新聞やネットの記事で取り上げてもらうことが多くなり、それを目にした旧友や、過去にお世話になった恩人との交流が再開することがいくつかあった。

笛木さんもそのひとりだ。

笛木さんは、事故で運ばれたみなと赤十字病院の救命外来でお世話になった看護師で、久しぶりに会ったとき、僕は驚くべきエピソードを聞いた。

線路に落ちて電車に轢かれ、重傷患者として緊急搬送された日のこと。

僕の様子を見て、ある救急隊員が、「おそらく自殺でしょう」と言った。もちろん推測だ。

その言葉を聞いた笛木さんは、

「なぜ自殺だと言い切れるのですか、事故かもしれないでしょ！」
と食ってかかったという。

事故の状態から、僕が自殺を試みたと判断する人がいても、おかしな話ではない。ホームから転げ落ちたのだから、そう受け取るのも当然と言えば当然。でも笛木さんは「この子は自殺じゃない、生きようとしている」と信じてくれた。

自殺か、事故か。その違いで救命処置が変わることなどないだろう。でも、たったひとりでも、僕の命の力を信じてくれた人がいた。それが僕に希望を与えてくれたことは明確だ。

信じてくれる力に、人は救われる

僕の知らないところで、僕が意識を失っている陰で、希望の種を植えつけてくれた人がいたおかげで、今の僕がいる。

最強の応援団だと紹介した看護師、スタッフもみんなそうだ。

僕の命を信じてくれた。僕の力を信じてくれた。これは人にとてつもないパワーをもたらすのではないだろうか。

これは僕に限った話ではない。

誰かがその人の命を、その人の力を信じているなら、それだけで、その人の心にいつか希望の種が芽吹くのではないだろうか。たとえ、そのことを本人は知らなくても……。

それを「縁」と言うのか、「思い」と言うのか、「愛」と言うのかはわからないけれど、実際に僕がそうだったのだから確信しているんだ。

どう生きていくか。
小さな選択の連続が、
生き方になる。

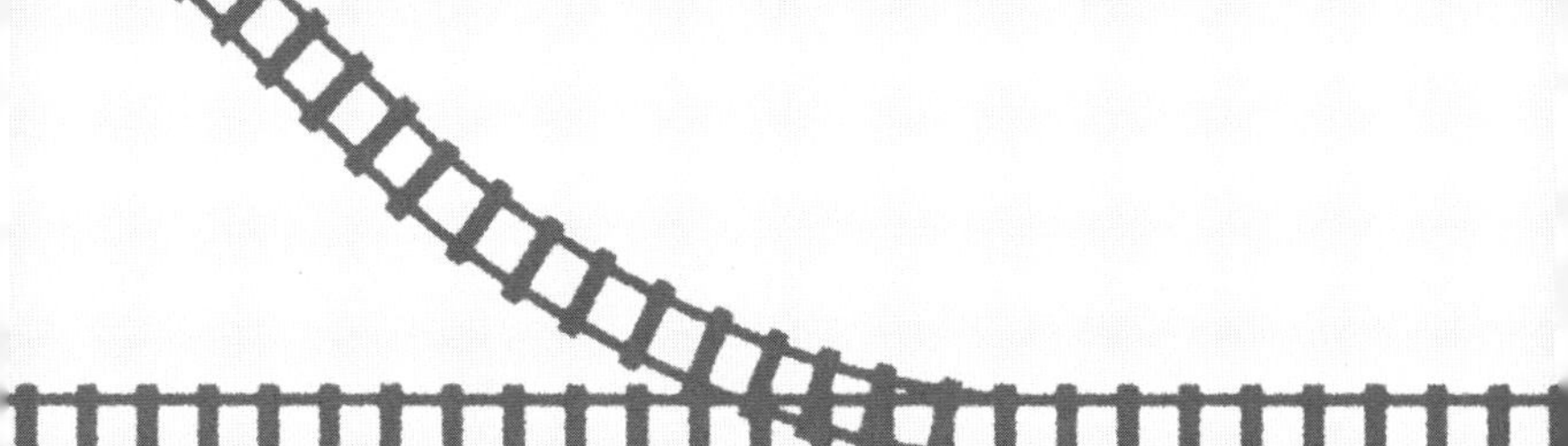

「また来る」と言って帰った友だちが僕にくれたもの

ＩＣＵで意識を回復して、自分の両脚と右手がないと気づいた僕が、深い絶望感に襲われたことは、すでに書いたとおり。「死にたい」という気持ちだけに支配され、１週間ベッドの上で苦しみ抜いた。

そんな気持ちが少しずつ変化していったのは、高校からの友だち２人が見舞いに来てくれてからだ。彼らは僕がひどい交通事故にあったことは知っていたが、手足を失ったことまでは知らないはずだった。

「元気そうじゃん」

そう言いながら病室に入ってきた彼らと、僕はベッドに座りながら馬鹿話で盛り上がった。布団で隠れていたが、僕の体に起こった異変には気づいていたはずだ。でも、彼らは普段どおりの態度だった。

僕は意を決して、自分の体を見せてみた。それでも彼らは大きなリアクションをするでもなく、拍子抜けするほど普通だった。そうしてさんざんくだらない話で盛り上がると、彼らは「また来る」と言って帰っていった。

見送りをした僕は、彼らの姿が視界から消えると、こらえていた涙があふれてきた。以前と変わらない態度で接してくれる、彼らの優しさが温かかった。

友だちのそんな思いに触れたとき、僕は思った。

僕がいつまでも弱々しい様子でいたら、彼らはそんな僕をどう思うだろうか。「お前らしくない」と言うだろうか。じゃあ、僕らしさとはなんだろう。僕はいったいどう生きていきたいんだろう……。

病院のベッドに横たわりながら、そんな問いの答えを考え続けた。

そうして出た答えが、「僕は、仲間と生きていきたい」という願いだった。

彼らと一緒にいたい。それができなくなるのは、手足を失うよりダメージがはるかにデカい！　そう思った。

決めたら、生き方は変わる

この答えが出てから、僕の考え方や生活は一転した。

今までのように仲間と共に過ごすためには、どうしたらいいのか？

それをあれこれ考えた結果、最初にやることはすぐに思いついた。

まず、自分の意思で、自分の力で、義足をつけて歩けるようになることだ。そして、社会人として自立をすることだ。

僕は、行動力には自信がある。だから、そうとわかればすぐに行動を開始した。

一刻も早くリハビリをしたいと思った僕は、新たな病院と義足について猛烈に調べ始めた。ベッドの上でノートパソコンを開き、まだ動きが緩慢《かんまん》な左手をせわしなく動かして、リハビリ施設について調べ始めた。その様子を見た僕の家族も一緒になって情報を集めてくれた。

不思議なことに、このとき、僕の選択肢に「車椅子」はなかった。人生は選択の連続だって言うけれど、このときのこの選択によって、ぼんやりと「僕らしい生き方」が見えてきたような気がしている。

目標を見つけた僕は、突き動かされるようにそれに取り組んでいき、周りに励まされたり、巻き込んだりしながら、僕の新たな挑戦、ゲームがスタートした。

Ch.《チャプター》2 転んだら起き上がればいい

どんな未来も、
目を開けて見られるか？
生きていくために、
やるべきことをやる。

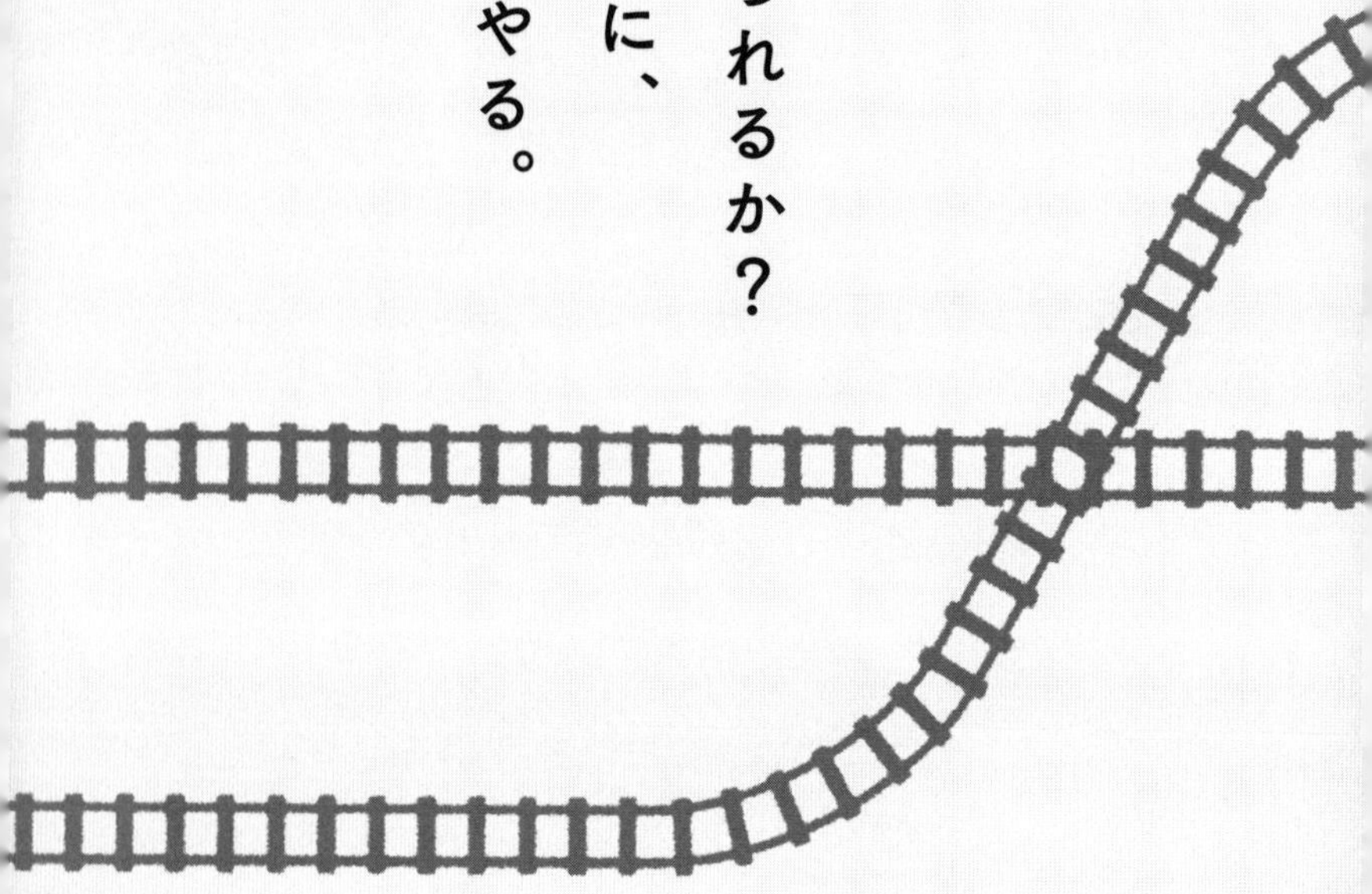

制度の隙間に落ちた僕

チャプター1で書いたとおり、僕は当面の目標を2つに見据えた。

ひとつは自分の意思、自分の力で歩くこと。もうひとつは社会人として自立をすること。

その理由は、大好きな仲間と生きていくと決めたからだ。でもその後、「自立しなければならない事情」があることを知った。

事故から1か月ほど経った頃、病室に母が入ってきて、ベッドの脇に置かれた椅子にそっと腰かけ、小さな声で語りかけてきた。

「ちーちゃんは、障害年金もいろいろな手当も、なんにももらえないんだって」

そう話す声は震えていた。

母は、手足を失った僕に支給される公的な手当がないか、僕に代わって懸命に調べ、役所に足しげく通っては福祉担当者と交渉してくれていた。

しかし、僕は制度の隙間にすっぽりと落ちてしまったかのように、あらゆる公的手当から除外されることとなった。

障がいを持ったときに支給される「障害年金」を受給するには、原因となったケガの診療を初めて受けた日に、国民年金、あるいは厚生年金に加入している必要があった。

しかし僕は、大学を中退して働き始めたばかりで、就業していた会社も試用期間だったので、国民年金も厚生年金も支払っていなかった。事故に遭ったとき、僕は20歳10か月だった。10か月分、年金を払っていなかったために受給資格がなかった。

また、労働中の事故であれば「労災保険」がある。だが、事故に遭った駅が通勤経路から遠く外れている。車内で爆睡して最寄駅を乗り過ごしてしまったからだ。そして時間も深夜だった。そのためこちらも下りなかった。

さらに、重度の障がい者に支給される「重度特別障害者手当」は、片手の機能が残り、体幹が損傷していないため対象外となった。

手足を3本失っても、僕は重度障がいと認定されなかった。

僕が生きていくために、どれだけお金がかかるのか、両親にしてみたら気が遠くなる思いだったんだろう。実家は決して裕福ではないから、なおさらだ。母が声を震わせて「いろいろな手当も、なんにももらえないんだって」と言ったとき、僕は「両親を頼るわけにはいかない」と悟った。

左手1本で生きる覚悟

10代の頃、ひとつだけ自分に決めていたことがあった。それは「親からもらった体を大事にする」こと。だから、友だちとケンカするときも殴り合いは絶対にしなかったし、仲間が面白がってつけ始めたピアスを、僕も一緒になってすることはなかった。

僕は、親をいつも喜ばせるような「孝行息子」では決してなかったけれど、それでも自分なりにルールを決めて守っていることが、唯一の僕なりの親孝行だった。

それが、だ。手足を切断するなんて、ウルトラC級の親不孝じゃないか。

だから、そのうえ経済的な負担をかけるわけにはいかないと思ったんだ。

でもその決意は、同時に、僕は左手1本でお金を稼いでいかなければならない、という現実を突きつけられたことでもあった。

「自立して生きる」と覚悟をしたつもりだったけれど、そうせざるを得ない現実を目《ま》の当たりにすると、とたんに恐怖と不安で真っ暗になった。

無駄だと知りつつ、それでも母は何度も何度も役所と交渉してくれていた。

そして僕は僕で、「仲間と生きる」という未来に覚悟を決めた。

僕は再び立ち上がる決意をした。ああだこうだ言ってられない。生きていくと。

やらなければならないことは、好奇心に変える

生きていくために、僕がやることはたくさんあった。それは、僕にとっては想像できないことばかりだった。でも「自立して生きる」と決めたなら、それらの想像できないいろいろなことは、どんどん「やりたいこと」に変わり、好奇心や興味と

なっていった。

「そうしなければならない」と考えると、心はふさいでいくけれど、「そうするんだ」と決めてしまうと、不思議なことに希望が見えてくるんだ。

転ぶことを怖れない。

一生忘れない176センチから見た景色

義足で歩けるようになる。

車の免許を取得する。

就職する。

ひとり暮らしをする。

僕はこの４つを当面の目標と見定めた。

最初に取りかかるのは「義足」だ。そのために、僕は救急搬送されたみなと赤十字病院から３か月ほどで転院することを決めた。

この病院の医師や看護師、スタッフの方々からは、かけがえのない命をもらった。そしてもうひとつ、笑顔もだ。転院すると決めてからは、この先その命をどう使い、笑顔を誰に向けていくか。そんなチャレンジが始まる気がしていた。

転院先は埼玉県所沢市にある国立障害者リハビリテーションセンター。ここはリハビリテーション医療の提供だけでなく、義足の研究所や自立支援局による職業訓練センターが併設されていたから、その後の就職まで見据えていた僕にとってはもってこいだった。

転院した初日。さっそく義足の製作が始まった。切断部位の型を取り、最初に右脚の義足が完成した。その義足を使って立ち上がった状態で、今度は左脚の型を取った。そうして3日後、両脚そろって完成となる。

仕上がった義足を装着してみた。力を入れて足を踏ん張り、立ち上がった瞬間、装着部分に鋭い痛みが走った。

それでも、そのとき立ち上がって見た景色を、僕は一生忘れないだろう。事故以来、久々に見た176センチの身長からの視界は、「僕ってこんなに背が高かったっけ？」と思うほど新鮮だったんだ。

リハビリテーションセンターでの僕は、毎日がチャレンジの連続だった。そして、ひとつできることが増えるたびに、目標に1歩近づけたという喜びと興奮で、どんどん次のステップにチャレンジしていきたいと思った。

義足で1日1万歩

僕の場合、義足歩行のリハビリは、1年から1年半かかるというのが、当初先生方の見通しだった。

折しも大学で同期だった友だちは3年生になり、そろそろ就職活動を始めていた。僕は彼らの自立をある種の目安にしていたから、「ということは……」と自分の人生設計のスピードと照らし合わせてみた。すると……。

1年以上も、義足にかかりきりになっているわけにはいかないじゃないか！

僕は半年で退院すると決めた。

目標を定めれば、ゴールまで猪突猛進するのが僕の性格だ。さっそく先生にお願いしてリハビリ時間を3倍に増やしてもらった。

リハビリメニューのほかにも、院内のトレーニングジムに出向いては、左腕の筋トレに精を出した。負荷のかかったペダルを回したり、ゴムのチューブを引くトレーニングをしたりして、僕の左腕はめちゃくちゃ太くなっていった。

また、自由時間には歩数計をつけ、院内のグラウンドを歩き回った。目標は１日１万歩だ。毎日続けて、少しずつ感覚をつかんでいった。

でも、それはとっても不安定な感覚だ。地面が土かアスファルトか。乾いているか濡れているか。平坦か、それとも石が転がっているかなど、地面の状態が変われば、さっきつかんだ感覚は、一気に別のものになるのだから。

だから当然、何度も何度も転ぶわけだけど、両脚義足の僕は、一度転ぶと自力で起き上がれない。でも広大なグラウンドで転倒すると、そこはセンターの建物から遠く離れているので、誰にも気づいてもらえないんだ。そのため、グラウンドを歩くときは携帯持参。これが鉄則。僕は転ぶたびに携帯でセンターに連絡し、誰かに体を起こしてもらっては、また歩き出す。この繰り返しの毎日だった。

転ぶことは失敗じゃない

順調に歩けるようになってきたある日のこと。僕はむしょうにラーメンが食べたくなった。リハビリテーションセンターから評判のラーメン屋まで30分は歩かなければならない。行くぞ！　食べるぞ！　迷いなんかあるはずがない。

僕は兄と一緒に行くことにした。さすがに30分歩き続けるのは楽ではなかったけれど、鼻先のにんじんならぬ、ラーメン食べたさに歩き切って店に到着した。

でも安心したのもつかの間。入口の段差で盛大に転倒!!

「へい、いらっしゃい〜。おーっと！　大丈夫ですか！」

店員は倒れた僕を見て思わず叫んでいた。

同時に僕も、右脚を見て叫びそうになった。義足のソケットが壊れている！

兄は慌ててセンターまで引き返し、車椅子を押して戻ってこなければならない羽目になった。

この一件以来、僕は先生方から外出禁止を申し渡された。いい加減にしろっていうことだけど、それでも僕は主張し、義足で出歩くことをやめなかった。義足で転ぶと、接合部位の肉が引きちぎられるような激痛に襲われる。だけど、それより歩く喜びのほうが勝っていたんだ。

毎日ひたすら歩いた。「左手」が僕の相棒になってくれたように、今度はこの義足が僕の相棒になってくれることを願って。

そうするうちに、いつの間にか僕にとって転ぶことは「大変なこと」「ダメなこと」ではなくなっていた。なぜなら、転ぶたびに、助けてくれる人がいるとわかったから。

これってものすごいことじゃないか？

転ぶたびに、助けてくれる人の温かさと、それに対する感謝を、何度も何度も経験することができたんだ。そして、助け起こしてくれたみんなから、転ぶことを怖れない勇気をもらった。

転ぶことは、悪いもんじゃない。怖れなければラーメンだって食べられる。

勢いをつけて
立ち上がれば、
それはジャンプになる。

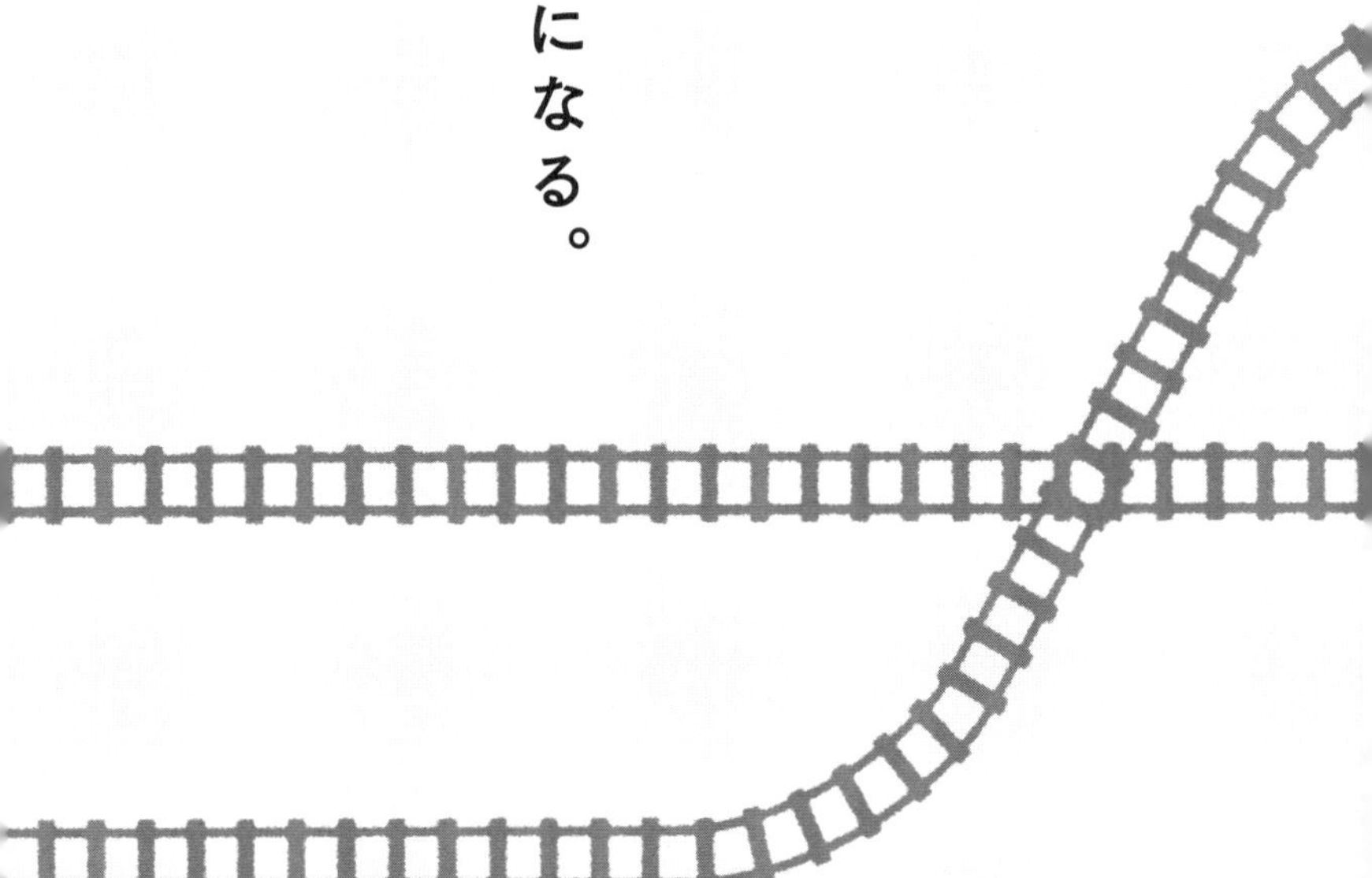

義足は道具ではない

よく、トップクラスのアスリートが使う道具は、使う選手のために職人が1ミリ単位の修正を何度も繰り返すと聞く。道具に職人の魂が込められていることを知っているから、選手もその道具を心を込めて大切に使う。

僕にとっての義足もそうだ。義足は使用する人の脚に合わせて型を取り、ひとつずつ特注で製作される。脚の太さや切断状況は人それぞれ違うので、その人の状態に合わせて、歩きやすくフィットする義足を作らなければならないからだ。接合部の加工が1ミリ違うだけで、歩行するときの痛みや違和感は大きく違ってくる。

そこまで調整しても、実際に義足をつけて歩いてみると、接合部に痛みや違和感がどうしても発生する。だから「接合部分のここが痛い、感触が違う」ときちんと意思を伝え、細かく調整していかなければ、自分に合った義足には仕上がらない。

こうして出来上がった義足は、僕にとって唯一無二のもの。そして、そんな義足を作ってくれた人が、義肢装具士の中村隆さんだ。

「職人」と聞いて、みんなはどんな人物像を思い描くだろう。僕には無口で頑固なイメージがあるけれど、まさに中村さんはそんな感じ。

淡々として必要以上に話さない。だから、必要以上に話す僕は、最初どう接したらいいかわからなかった。キャッチボールにたとえると、10球投げても2球しか返ってこず、その2球の受け止め方すらわからない感じ。

でも、僕は遠慮しない。僕のコミュニケーション能力は、自他共に認めるくらい高いんだから。

僕は質問したり、要望を伝えたりして、中村さんは淡々と加工を繰り返す。僕が装着して歩いてみて、感想を言って、中村さんはやっぱり淡々と、何度も繰り返し調整をしてくれた。

こんなふうに中村さんと僕は、二人三脚で義足作りをしていった。

そうしていつの間にか、僕は中村さんをめちゃめちゃ信頼していた。いやそれ以上に、この人は魔法使いなのか!? と感動していた。だって魔法をかけたように、義足はどんどん「僕の足」になっていったんだから！

「おお！」「これは！」と言われる喜び

僕は前の項で、ひたすら歩く練習をしたと書いたけれど、それは中村さんがいてくれたから、というのも理由のひとつ。

義足の具合を確認するために、僕の歩行訓練を中村さんが動画撮影することがある。歩き方の様子を見て、どこかに負荷がかかっていないかなど、改善点を確認するためだ。

中村さんは、僕が上手に歩くと、とても嬉しそうにする。と言っても、それは周りの人にはあまりわからないかもしれないけれど。だって、「おお！」とか「これは！」と、ほんとにわずかに声を漏《も》らすくらいだから。

でも、これは中村さんのウソのない本気の驚き、喜びだってことを僕は知っている。だから、もっともっと歩きたくなるんだ。

トップクラスのアスリートにとって、魂を込めて作ってもらった道具は体の一部だと聞いた。僕にとっての義足も、もはや体の一部だ。でもそうなると二人三脚で作ってくれた「中村さん」という存在も、僕の一部、ということになるんじゃないか？　そんなことを言ったら、中村さんはどんな声を漏らすだろう。

3倍努力すれば、3倍早く目標に到達する

そんな出会いもあって、僕はめきめきとリハビリの効果を上げていった。そして、1年半のリハビリの予定を、宣言どおり3倍の早さの半年で終了した。

僕の無我夢中なやり方は、はた目には無茶に映ったこともあったと思う。でも、前のめりになって懸命に立ち上がったら、その勢いが大きなジャンプとなって、目的地に一気に到達したと感じている。

「立ち上がった」つもりが「ジャンプ」になっていたんだ。

僕はただ手足を
なくしただけの人。
なくした分だけ、
奇跡を見られる。

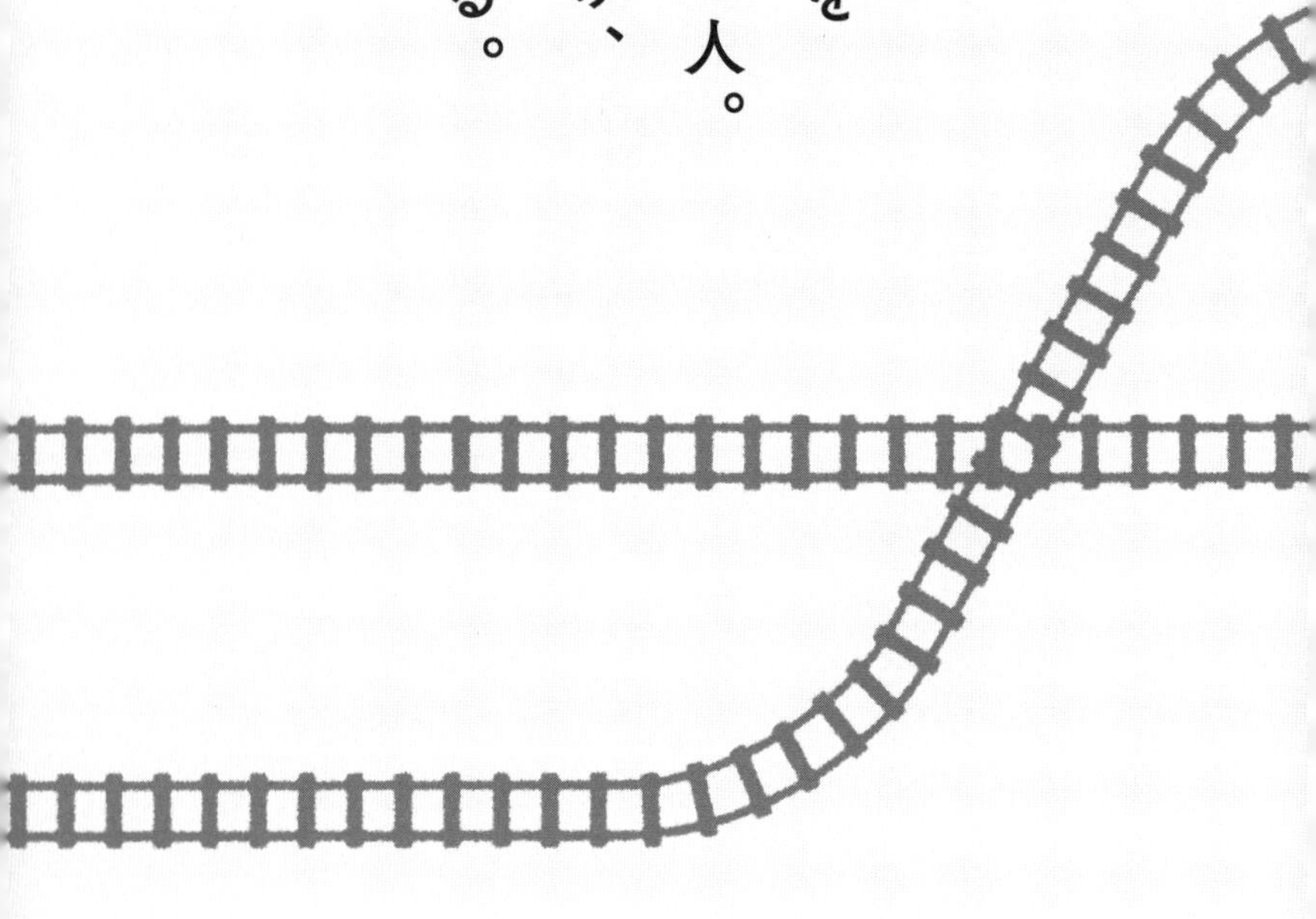

スーツを着こなすために必要なものは何か

唐突だけれど、僕の右手は美しい。それもそのはず、美しく作ってもらったからだ。僕の右手というのは義手。それを作成してくれた義肢装具士の三ツ本さんは、とってもあやふやだけど、僕が心から願っている要求に完璧に答えてくれた。

僕の「あやふやな要求」というのは、「スーツをビシッと着こなしたい」ということ。社会人になってバリバリ働こうと思っている僕にとって、スーツは大事な勝負服。それを美しく着るための義手をお願いしたんだ。

義手には、ハーネスを使って動かすことが可能な「能動義手」と、外見を補う「装飾義手」などがある。

当初、僕は能動義手を使いこなすつもりだった。だから能動義手で積み木をつかむ訓練をしていたのだけれど、実は最初に渡された能動義手に、ハンパでない不満を持っていた。肌の色と合わないオモチャみたいな質感の義手を自分の腕につけることに、大きな抵抗があったんだ。スーツを着こなす以前の問題だ。しかも、すでに左手でなんでもこなせるようになっていた僕にとって、できることに限りのある能動義手は実用的ではなかった。

そこで、装飾義手の作成が始まったわけだけど、三ツ本さんは、「これだけ作り込んだらもう調整は不要」と宣言するほど、精巧な装飾義手を作ってくれた。

それから9年が経ったけれど、僕の義手は相変わらず美しいままだ。スーツをビシッと着こなせるだけではなく、北海道、沖縄、四国、九州、そして海外といろいろなところへ旅行にも行った。でもいまだにヘタれているところなどひとつもない。最近、三ツ本さんに会ったとき、「義手をこんなにきれいに使ってくれている人はいませんよ」とお墨つきをもらった。義手というのは保管方法が悪いと、関節部あたりがすぐに破れてしまうデリケートなものなんだ。

でももっと言うと、僕の右手は美しいだけじゃない。指が少し可動するから、傘やちょっとしたコンビニ袋くらいなら持つことだってできる働き者だ。よくできた彼女のような感じ？　見方や考え方によって、どんどん愛着は深くなり、かけがえのないものになっていく。

勘違いしてはいけない

義足や義手を眺めて、僕はふと思う。

僕は、ただ手足をなくしただけの人なんだと。

今、僕がいろいろなことができ、生活を楽しむことができるようになったのは、すべて周りの人たちのおかげだ。たくさんの人たちから力をもらい、ここまで来られた。それを忘れてはいけない。勘違いしてはいけない。この素晴らしい義足や義手に負けてはいられない。

ケガをしてからというもの、人との出会いが、僕に想像を超える「力」をもたらしてくれることを知った。

「行動」に追いつく
不安はない。
想像する前に行動する。

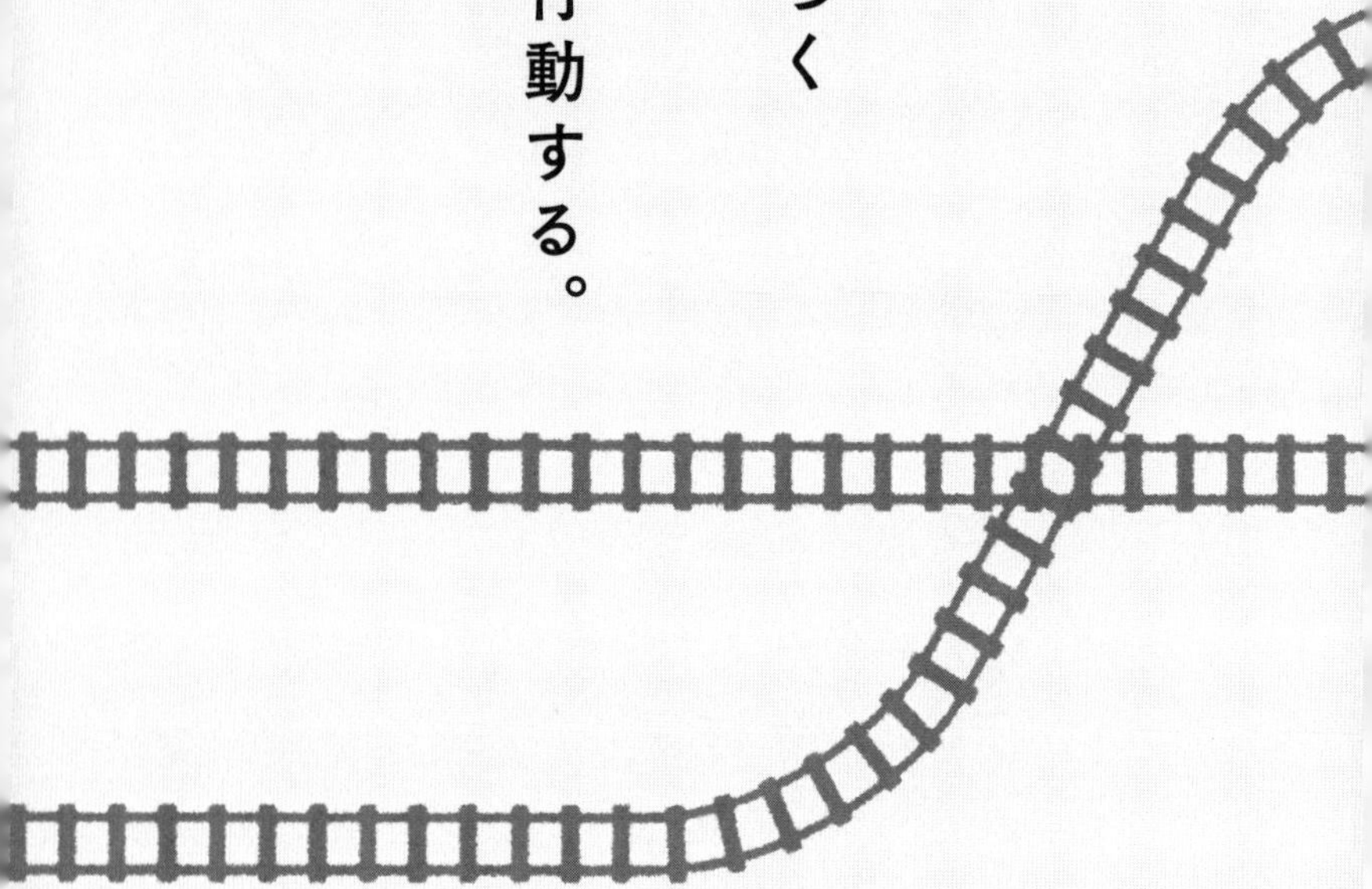

僕が車の運転が上手な理由

就職することを考えたとき、車通勤の可能性もあると考えていた僕は、教習費用の一部が助成される制度があると知って申請していた。そして障がい者用教習車がある埼玉県新座市の東園自動車教習所の合宿免許に入所すると決めていた。

リハビリテーションセンターを退院する日、友だちが車で迎えに来てくれると、一緒に荷物をまとめて教習所へ直行し、そのまま合宿生活に突入した。

当初は苦戦するかと思った車の運転は、驚くほど順調に習得できた。そもそも、今まで運転をしたことがなかったから、義足や左手だけの運転が不便か不自由かなんて比較もできず、ただただ「車って楽しいな」とワクワクだった。

S字クランクやバックなど何回も何回も繰り返すわけだけど、初めて車を動かしたときの感動！　思いのままに運転できる喜びの毎日だった。

だから、通常3か月はかかる教習期間も2か月半で終えることができたくらいだ。

ただ、技能教習でも同じ項目を何度も繰り返さなければならなかったから、これには閉口したけれど……。

障がいを持つ者が運転をする場合、体に合わせて車を改造しなければならない。僕の場合は、義足の右足でアクセルとブレーキ、両方を踏むことができる。そして左手があるから、ウィンカーが左側についている車なら特に改造をしなくても大丈夫。そういう意味ではお得だ。

でも、左側にウィンカーがついている車は、だいたい外車だ！　そういう意味ではお金がかかる。そうは言っても右側についているウィンカーも数千円ほどで左側で操作可能にできるから、どんな車でも大丈夫なんだ。

正直、僕は車の運転がうまいと思っているけれど、残念ながら運転の機会はその後ほとんどない。義足歩行が上達したおかげで、電車に乗れるようになったのがその理由。それでも免許証はいつも持っている。身分証明書であると同時に、僕の可能性を示してくれたチャレンジの証しだからね。

ひとり暮らしのスタートだ！

その後、職業訓練を経て、最初の就職が決まったことをきっかけに、僕はひとり暮らしの準備を始めた。

まずは、住まい探し。これはしょっぱなから難航した。外では義足を使うけれど、室内での移動には車椅子を使うため、どうしても床が傷むのは避けられないのが理由だ。８軒目でようやく入居ＯＫの物件と出会い、それはラッキーなことに一番希望にかなった住みやすいマンションだった。

それ以来7年間ひとり暮らしを続けている。自炊を心がけているので、料理の腕は確実に向上していて、出社するときは必ず自作のお弁当を持っていっているくらいだ。最初は冷凍食品のおかずばかりだったけれど、片手で調理可能なメニューを独習し、料理のレパートリーはどんどん増えていった。

今では朝起きてお弁当を作ることが、僕のモーニングルーティン。お弁当を作ると、「今日もがんばるぞ！」とスイッチが入る。

若いサラリーマンがひとり暮らしをするのは、経済面でも生活面でも、なかなか楽なものじゃない。自分の収入だけで生活するということはもちろん、ましてや僕はそれまで家事をろくにしたことがなかったから、それなりに苦労した。それでも食事、掃除、洗濯、身の回りのことはすべて自分でやっている。

ひとり暮らしをすると言ったとき、心底驚き心配していた兄も、ユーチューブに公開した僕が弁当を作る動画を見て、「俺よりお前のほうが自立してるな」としみじみ語っていた。兄貴がそう言うなら、まずは及第点じゃないかな。

チャレンジは大切な人を連れてきてくれる

先述したように、僕は仲間と生きると決めたとき、４つの目標を掲げた。

「義足で歩く」「車の免許を取得する」「就職する」「ひとり暮らしをする」。

就職に関しては、また追って書いていこうと思うけれど、まずは事故から約2年で、4つの目標を達成することができた。

今思うのは、「想像してみる」ことと「やってみる」ことは、全然違うということ。始める前は、怖れたり不安になったりすることがたくさんあったけれど、いざやってみると、最初に感じた怖れや不安は、たいしたことではなかったんだ。行動してみると、どんどん目の前が展開していくのだから。そんなことを感じているヒマもなかったというのが正しいかな。

想像しているだけだと、怖れや不安はどんどん巨大になっていくけれど、行動してみると、それらはどんどんちっぽけになっていく。それだけじゃない、行動は必ず新しい可能性をもたらしてくれる。

僕はチャレンジを怖れない。だって、チャレンジは自分の可能性を開くだけではなく、いつだって大切な人を連れてきてくれるのだから。

禁煙
お知らせ
中根駅"エリアマップ"
いつもありがとうございます。
中根駅がきれいになりました。
BOSS COFFEE

チャプター

Ch.3 目の前にある大きなものは、逆に見えにくい

わかってもらいたい
と思うより、
わかってあげられる人になる。

2時間の大移動だってへっちゃらさ！

ここまでに、電車に轢かれて手足を失い、リハビリを終えるまでの様子を紹介したけれど、僕が目指している目標、ゴールはまだまだ先。でも、まずは現在の僕をもう少しわかってもらうためにも、事故に遭う前の僕の話を聞いてほしいと思う。

子どもの頃の僕は、相当なおばあちゃんっ子だった。それがどのくらいかというと、幼少期、東京都品川区にある自宅から神奈川県川崎市のおばあちゃんの家まで、補助輪つきの自転車で2時間かけて通っていたほどだ。

自転車が壊れて乗れなかったときには、徒歩で自宅から川崎を目指したこともあった。

けれど巡回中の警察官に「坊や、どこに行くの」と尋ねられ、「川崎のおばあちゃんち！」と元気よく答えた僕は、そのまま保護され、祖母の家にたどり着くことはできなかった。両親にはこっぴどく叱られたが、それ以降も祖母の家を訪れることをやめなかった。

そこまでして、なんで祖母の家に行きたかったのか。

祖母の家ではこれといって何をするわけでもない。おやつを食べたり、『NHKのど自慢』を一緒に見たりするくらいなのに。

人は、仕事や家庭、恋愛など、いろいろな要素で出来上がっていると思うけれど、その頃の僕は、90%以上が「おばあちゃん」で占められていたように思う。

それほどまでに、なんで祖母が好きだったんだろう。

仲よしでもなく、いじめられているわけでもなく、楽しいわけでもなく

僕は小学校に上がると、母の希望でバレエを習った。同級生の男子はサッカーや野球に夢中になっていた時代だから、バレエを習っている僕は、友だちと一緒に遊

ぶことが少なかった。また「千《ち》紘《ひろ》」という名前も「女の子みたい」とからかわれ、男友だちは多くはなかった。当時はやっていたゲーム機も次々買ってもらえるわけではなかったから、友だちの輪に入れなかったこともあった。

いじめられていたわけではないけれど、めちゃめちゃ楽しい学校生活というわけでもなかった。

そして家に帰ると、お金を渡されて夕食はコンビニ弁当ですませることも多く、家族だんらんの時間は少なかった。両親はささいなことでいつももめていたし、さらに3歳年上の兄とは顔を合わせればケンカばかり。そんな毎日だった。

おばあちゃんを失って知った孤独

小学校4年生でバレエの練習合宿に参加したときのこと。大切な人に手紙を書くという時間があった。もちろん、僕が手紙を出す相手は、おばあちゃんしかいない！　子どもなりに精いっぱい、自分の気持ちを手紙に書き綴った。

その頃、祖母は体調を崩して入院していたから、あれほど通っていた祖母の家に行くこともなくなっていた。だから、何を伝えようか、面白いことを書こうか、喜んでくれるかな、などとおばあちゃんのことを考えている時間は本当に久しぶりのことだった。

祖母は病室のベッドで、僕の手紙を読んで泣いていたそうだ。しばらく経ってから母が教えてくれた。

僕の手紙が届いた数日後、おばあちゃんは亡くなった。

火葬されたおばあちゃんのお骨を兄と一緒に拾っていたとき、

「これがおばあちゃんだよ」

と、兄が言った。カッコつけるなよ、と思いながら僕は泣き崩れた。

これは僕が初めて経験した人の死だった。しかも大切な人の。

「人って死ぬんだな」

当時の僕が、どれくらい死を理解していたかはわからないけれど、二度とおばあちゃんに会えない、ということはわかった。

大好きな人の死は、僕に大きな孤独をもたらした。その孤独が癒《い》えるまでには、何年もの時間が必要だった。

どうして僕は、あれほど祖母が好きだったんだろう。

どうして数時間もかけて、会いに行っていたんだろう。

どうして会えない日は、あんなに寂しかったんだろう。

ピッタリとくる答えはまだ見つからない。ただ言えるのは、祖母は何も言わずに黙って僕を受け入れてくれていたということ。祖母がただそこにいてくれたから、僕はひたすら安心できたんだ。

「僕をもっとわかって」という叫び

人を「受け入れる」って、そういうことなのかもしれない。

僕は友だちに、「僕をもっとわかって！」と思っていたはずだ。両親や兄に「なんでわかってくれないのか！」と叫びたかったはずだ。

僕はこういう「わかって！」という気持ちを、あたりかまわず投げつけていたのかもしれない。

それを上手に受け取ってくれたのが、きっとおばあちゃんだったんだ。

そんなおばあちゃんに会うためだったら、自転車で8キロの移動なんてへっちゃらだった。

こうして振り返ってみて僕が思うのは、「わかって欲しい」と思う前に、「わかってあげられる人」でありたいということ。少なくとも、「わかろうとする人」でありたいと思っている。両親を、兄を、もっと周りの人たちをわかろうとする人でありたい。そうは言っても、「おいおい、わかってくれよ～」と思うことは、たっくさんある！　今の体になってからはなおさらだ。でもこの体になったから、こうして自分を振り返ることができたわけだ。

「なんでわかってくれないんだ！」

そう思うたびに立ち返る。

まず自分から、目の前の人をわかろうと努力をしよう。

まず自分から、相手の心を受け止めよう。

まずは自分から、だと。

うまくいかないこともあるけれど、補助輪つきの自転車で8キロこぐより、ずっと簡単なことじゃないかって思っている。

今持っているもの、
すでに存在するものを
もう一度見つめ直す。

人それぞれ愛情の伝え方は違う

小学生の頃、いつも厳しく怒ってくる父は僕にとって怖い存在だった。それが中学生になると、父に対する態度は、怖れから反抗へと変わっていった。職場と家を行き帰りするだけで、なんの趣味も持たず、テレビを眺めながら晩酌する父の姿を見て、「毎日、何が楽しくて生きているんだろう」と思っていた。父だけではない、母にだってそうだ。僕は「こうして欲しい」とか「なんでこうしてくれないんだ」という怒りを、ときにはぶつけたり、ときには持て余したりしてイライラしていた。

それが今では、両親に申し訳ないという気持ちと、ひたすら感謝ばかりだ。

現金なもので、手足を失って初めて、手足の有り難さを知ったように、この事故をきっかけに、僕はようやく家族の心を見つけることができた。

かつて僕は、親に愛されていないんじゃないかと思うことがあったけれど、それは僕が両親の愛情を見つけることができなかっただけなのかもしれない。

人はそれぞれ、愛情の表現方法が違う。

たとえば、僕はきちんと両親に感謝や愛情を伝えていただろうか？

「ケガをしてからのちーちゃんが愛おしい」

「ケガをしてからのちーちゃんが愛《いと》おしい」

これは、事故後の入院生活中に、母が僕に言った言葉だ。

この言葉からもわかるように、事故に遭うまでは僕だって母にトゲトゲしい態度で接していたというわけだ。

入院中、ベッドの上の僕は、生意気な口をきくこともせず、素直に母の言葉を聞いていた。そんな姿は、母にしてみると、ずっと昔の小さい頃の、もっと素直に母の愛情を受け取っていた「素直なちーちゃん」だったのかもしれない。

いつだって、愛情っていうものは目の前にドーンとあったんだ。

こんなに目の前にあって、しかもこんなにデカいものなのに、わざわざ何かの代償（僕の場合は手足を失うってことだけど）を払わなければ見つけられないなんて、バカらしいことだ。でも、僕だけじゃなく、きっと多くの人は、何かを失わなければなかなか大切なものに気づけないものじゃない？

もし、そんな事態になることなく、家族の愛情に気がつけている人がいるなら、それはとても幸福なことだと思う。

事故後、家族4人そろって旅行をした。家族旅行は、僕の記憶にもない幼少の頃以来だ。

「親だから」という理由で無条件にリスペクトし続けるなんて無理だ。たとえ親でも受け入れられないことだってある。でも、親からの愛情をちゃんと見つけて受け取ることは、忘れてはいけないんだろうな。

どんなに孤独だと感じても、
つながっている関係を
絶対に見落としてはいけない。

はた迷惑な朝帰りの日々

ケンカばかりしていた兄は、学校には皆勤賞で通い、高校を出ると難関の企業に就職した。高卒でその企業に就職できるのは珍しかったから、かなりの優等生だ。あとで詳しく書くけれど、僕は中学時代は不登校で、高校時代はバイト三昧《ざんまい》だったから、兄と僕の生活態度は正反対だった。

高校時代の僕は、ビッグスクーターを買うために、ひたすらアルバイトをしまくっていた。早朝は登校前にパチンコ店で清掃をし、夜は飲食店で働いた。バイトを終えたあとは、わずかな時間でも友だちと会った。だからその頃のタイムスケジュールは、朝５時に家を出て、深夜１時に帰宅する毎日だった。

それがビッグスクーターを買ってからは、エンジン音をとどろかせて真夜中に帰宅するわけだから、兄は心底、腹を立てていたことだろう。

当時の僕は、兄の真面目さが気に食わなかったのかもしれない。ことあるごとに兄に反抗し、ケンカを売った。

「あの頃、お前は俺に意味なくメンチ切ってきたよな〜」

この前、兄があの頃を振り返って呆れ顔で語っていたが、僕がいくらケンカをしかけても、〝僕と正反対〟の兄に、「まあまあ、落ち着け」と、なだめられるのがいつものオチだった。

兄は就職してしばらくすると、実家を出てひとり暮らしを始めたので、僕らの関係はいっそう疎遠になっていった。会話をすることもなければ、相談することも、一緒に何かすることもほとんどなかった。

僕の兄貴、カッコいいだろう？　と思うまで

そんな兄と久し振りに顔を合わせたのは、僕が昏睡《こんすい》状態から目覚めたときだった。

ちょっと話は戻るけれど、僕が緊急搬送された日の夜中3時のこと。

兄は警察からの電話で、僕が重傷を負って病院に収容されたことを知った。

兄はその頃、勤務の関係で埼玉県熊谷市に住んでいた。だから始発の新幹線に飛び乗り、病院に駆けつけると、難しい顔をしている病院スタッフに、「弟のそばにいさせてください」と頼み込んで、僕が寝ているＩＣＵに簡易ベッドを設置してもらった。

そして、そのまま僕の意識が戻るまでの1週間、泊まり続けた。

事故の翌日、一瞬、僕の意識が戻ったときがあった。

それが、兄と僕の久し振りの再会のときだ。

兄の顔を見た僕は「ごめん」と声にならない声を漏らした。

兄は「死ななくてよかったな」とつぶやいた。そして「多くの人に生かしてもらったことを忘れるな」とも。

このあたりは意識が混濁していたから、あとから聞いた話だけれど、いい兄貴じゃないか。優しい兄貴じゃないか。僕は兄貴の有り難さを痛感した。

それから一般病棟に移り、医師や看護師やスタッフ、そして次々と見舞いに来る友だちとにぎやかに談笑する僕の姿を見て、「俺の役目は終わったな」と、兄は自宅に戻っていった。カッコいい兄貴だろう？

兄貴、すげ～な！

あの頃の兄を思い出すと、今でも僕はそう思う。

このときをきっかけに、僕と兄の関係は大きく変わっていった。大げさに言えば、新しい兄弟の「かたち」が出来上がっていったという感じかな。

僕らはそれまでの空白を埋めるかのように、いろいろなことを経験し、共有し、感情をぶつけ合いながら、兄弟の密度を増していった。

またあとで詳しく書くけれど、僕はその後、兄に命を救われることになる。

知らないからと言って、
それがないわけではない。
自分は何も
知らないことを知る。

僕が知っていることと知らないことと、現実と

事故に遭って以来、「知らない」というのは罪だと思った。だってそれは、とっても大切なことを見過ごしていることだってわかったから。

僕が緊急搬送されたとき、「自殺じゃない」と、僕の命を信じてくれた笛木さんの存在もそう。

僕の命を信じてくれた存在がいた。それを知らないままでいたら、僕は自分の命を「希望の種」として扱えただろうか。

それだけじゃない、実際に命を助けてくれた医師や看護師、そしてここまで書いてきた様々なエピソードの裏には、間違いなく僕の知らない事実が存在していて、僕の知らないところで僕を助け、祈り、応援してくれたたくさんの人がいてくれた。

それは、家族だって同じ。

ここまで書いてきたように、僕は決して家族と折り合いがよかったわけじゃない。幼い頃から兄が実家を出るまで、僕らはずっと同じ部屋で過ごし、思春期になると、僕はさらに兄にイライラをぶつけ、兄は僕を「クソガキ」と呼んでいた。そして同じ屋根の下で、家族全員が居心地の悪さに不満を募らせていた。

それが、僕の知る家族だ。

でも、僕が意識を失っている間、まったく知らない家族の姿があった。

警察からの電話を午前3時に受けた兄は、職場に宿直している上司をたたき起こして1週間の休暇願いを出したそうだ。新入社員の身だったから、きっと容易ではなかっただろう。

始発の新幹線の中で、兄は足をガクガクと震わせながら、「どうか生きていてくれ」と祈り続けたという。

事故の知らせを受けて病院に駆けつけた両親は、変わり果てた僕の姿を見て泣き崩れたそうだ。あまりにボロボロになって泣く両親の姿を見て、自分がしっかりしなければと兄はかえって気が張ったそうだ。

手術終了後、執刀医から見せられた、手足を切断する前のケガの状態を撮影した写真を、父は嗚咽《おえつ》しながら見たそうだ……。

こういうことを、僕は知らない。

兄は葬儀屋を手配し、僕の切断した手足を葬り、家族は泣きながら骨壷を受け取ったそうだ。

こういう家族の姿を、僕は知らない。

僕は幸い、あとになってその様子を知ることができた。

自分が知っている「事実」だけがすべてじゃない。そんなことは当たり前のはずだ。兄は自分のことよりいつだって僕を優先して考え、動き、そしてそばにいてくれた。僕が兄の立場だったら、果たしてそれができただろうか？　すべてをなげうって行動することができただろうか。

人は窮地に陥ったとき、視野が狭くなって自分のことばかり考えるようになる。

自分は何も与えられていない被害者だと思ってしまい、たちまち目の前の現実だけがすべてだと錯覚を起こす。それは決して幸せな錯覚じゃない。

でも、実は自分の知らない現実がある。いつだってあったはずだ。両親の、祖母の、兄の、そして医師や看護師、スタッフ、とんでもなくたくさんの、僕が知らない現実があって、僕が知らないところで彼らはいったいどう僕と関わってきてくれたのか――。

それを少しでも自覚できたら、どれほど深い感謝で満たされるだろう。どれほど有り難い気持ちがあふれるだろう。

今ようやく僕は、人の愛情の深さ、有り難さを知った気がしている。

あの優等生の兄貴が……

「10代の頃、不真面目なお前に怒っていたけど、今考えると、型にはまらない生き方をしているのがうらやましかったのかな」

最近、兄がそんなことを言った。

え〜!?　あの優等生の兄貴が、そんなことを思っていたの!?

やっぱり僕の知らないことだらけだ。

自分の知っている現実がすべてじゃない。だから相手の立場や状況を少し想像してみる。そうすることで、僕も彼らのように周りの人に優しさや愛情を与えられる人になれるのではないかと思っている。

でも皮肉なことに、僕は「知らない」ことで、今の現実を生きていられるんだ。

と言うのも、あるとき、「電車に轢かれた瞬間の記憶がなくてよかった」と医師に言われた。

僕はホームから落ちて電車に轢かれたとき、寝ぼけていたから記憶がない。つまり、事故のトラウマを抱えずにすんだということ。

もし、記憶があったら、おそらくホームや電車を見るたびに恐怖を感じるトラウマを抱えながら生きることになっていたかもしれない。

僕は今、たくさんの人混みのホームで電車が来るのを待ち、電車に揺られながら駅まで着くと、ホームからそれぞれの会社に散らばっていく会社員のひとりだ。そんな現実を僕は生きている。

「生きている！」
という実感を探し続ける。
それは興味が湧くほうに
必ずある。

学校に行く理由

ここまでに家族の話をしながら今の僕の気持ちを書いてみたけれど、家族同様、忘れてはならない人がいる。それはキャサリン。児童館の職員だ。

すでに書いたとおり、僕は中学に入学すると同時に不登校になった。きっかけは些《さ》細《さい》なこと。部活動の先輩といざこざがあり、それから「なんか面倒くさいな〜、サボろうかな」と休んでいるうちに、あっという間に不登校になってしまった。担任の先生は何度も家庭訪問に来てくれたけれど、僕は不登校のまま中学2年生になった。

学校に行かず、僕はどこにいたかというと、それが児童館だった。そこでキャサリンと出会った。

児童館とは、0〜18歳までの子どもが自由に利用できる区の施設で、館内には子ども向けの遊具や絵本などがある。そして児童厚生員と呼ばれる専門の職員が常駐して遊び相手をしたり、話を聞いてくれたりしているところだ。

当時の僕はそこで子どもたちと遊んだり、面倒をみたりしていたから、子どもたちは僕のことを児童館の職員だと思っていたかもしれない。

そんなふうに、朝から晩まで頻繁に児童館にいる僕に対して、キャサリンは「なんで学校に行かないの？」とはいっさい聞かなかった。

児童館にいることを許されている居心地のよさから、僕はキャサリンに対してどんどん心を開いていった。

ある日、僕はキャサリンに「将来はキャサリンみたいに児童館で働きたい」と相談した。すると彼女は僕の目を見てこう答えてくれた。

「ここで児童厚生員として働くには、保育士や社会福祉士になる勉強をするために大学に行く必要があるんだよ。だから山田くんはまず高校に行かなくちゃね」

なるほど、そうなのか。

僕は別に学校が嫌いなわけでも、行きたくないわけでもなかった。ただ行く理由と、きっかけを見失ってしまっていただけ。だって学校に行かなくても友だちとは遊べるし、特に不自由を感じていなかったからね。

でも、キャサリンは僕に「学校に行く理由」を教えてくれた。

そして、僕は同時に目標を見据えた。まずは高校を卒業して大学に行くぞ、と。

生きる目標を見つけたとき、僕は命を落としかけた

僕はこの決意のとおり、ちゃんと勉強して高校に入り、大学にも行ったわけだけど、でも児童厚生員にはならなかった。

それは、大学で新たな目標を見つけたからだ。

それはまさに、生きている！　という喜びに近いものだった。毎日が新鮮で躍動感に満ちていた。

その真っただ中で僕は事故に遭い、命を落としかけたわけだから、因果なものだけれど。

ちなみに、キャサリンは外国人ではなくて日本人。「そのほうが楽しいでしょ

う？」と言って、みんなからそう呼ばれて慕われていた。みんなキャサリンの前では笑顔になって心を開いていた気がする。

僕が入院先の看護師やスタッフをあだ名で呼び、そして今でも周りの人にあだ名をつけたがるのは、もしかしたらキャサリンの存在が影響しているのかもしれない。だって、そのほうが楽しいからね。

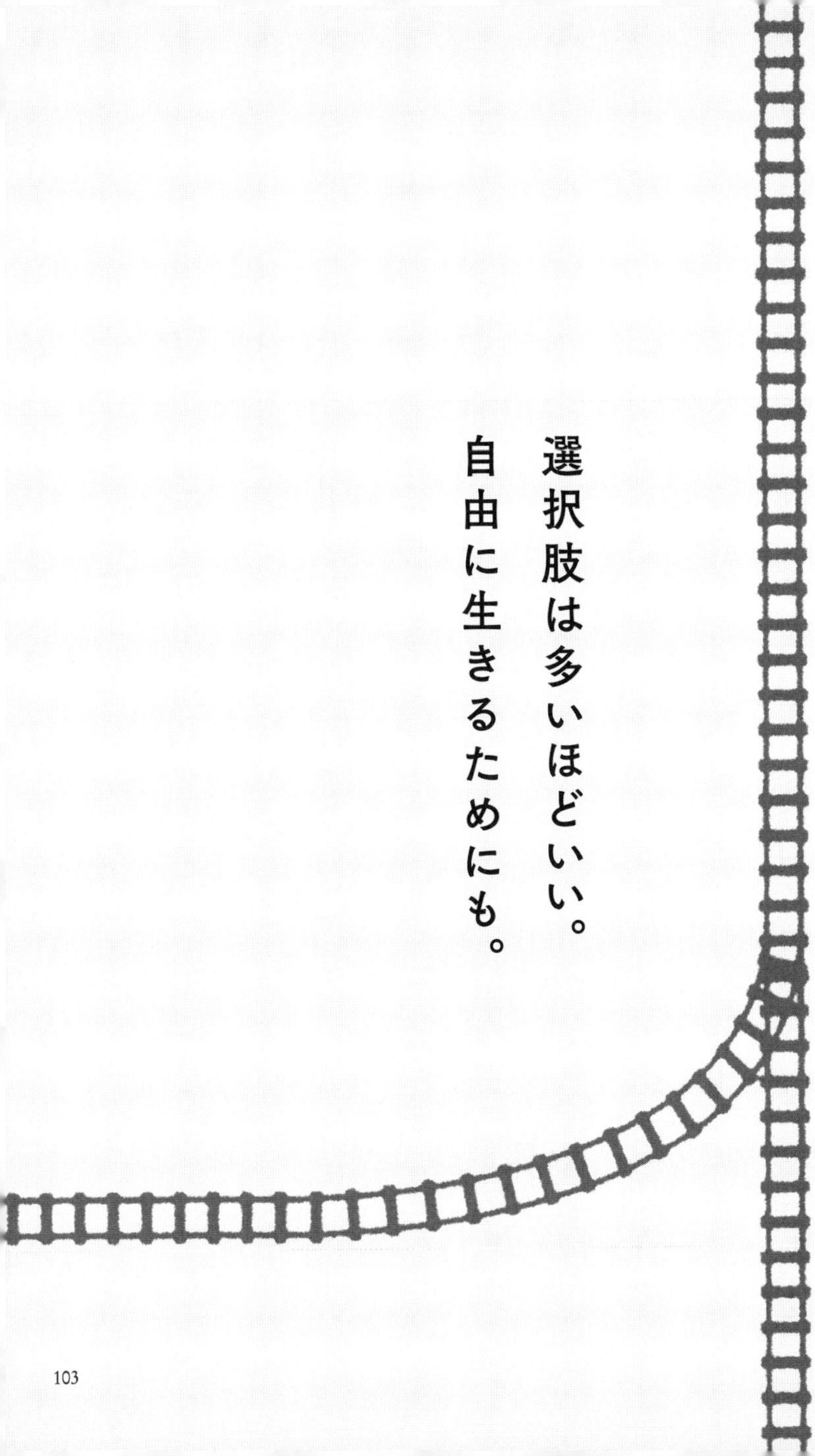

選択肢は多いほどいい。
自由に生きるためにも。

自分が蒔いた種は、必ず自分が刈り取るしかない

僕が不登校だったのは、もうかれこれ17年も前のことだ。最近は、僕の時代以上に不登校の子どもが増えていると聞く。不登校の経験者としては、「行きたくないなら、学校なんか行かなくていい」なんて気軽なことは言えない。

僕自身は遅れてしまった勉強を巻き返すのに苦労したし、本気でがんばりはしたものの、15歳で将来の選択肢をいくつか失ったのではないかと思っている。

人生は選択の連続だ。だから選択肢は多いほど、自由に生きられるじゃないか。

でも、だからと言って、軽々しく「学校には行くものだ」とも言えるはずがない。

ただ確実に言えることは、自分が蒔いた種は、必ず自分が刈り取らなければならないということ。それは、誰かのせいでそうなったとか、環境のせいで仕方なかったとか、いくら言い訳をしたとしても通用しない。自分が蒔いた種は、自分で刈り取るしかない。

もし誰かに刈り取ってもらおうなんて思っていたら、いつまでたっても自分の人生は始まらないんじゃない？

そして、結果や経緯がどうであれ、「すべて自分が決めている」ということも忘れてはならない。誰でもいつでも、なんでも必ず自分で決めているはずだ。「人に言われたから」と言い訳をしたところで、最終的に決めているのは自分なんだから。

ちゃんとそれを理解していれば、どんな選択をしたっていいと僕は思う。

働く喜びは信頼を招き、
信頼を重ねることで
人生は出来上がる。

もはやバイトではない

僕は子どもの頃から、何かにチャレンジすることが好きだった。目の前に「乗り越えたい壁」を見つけると、ワクワクしてくる性分なんだ。

特に事故後は「自立する」という目標を掲げ、必要だと思ったことをやってきたわけだけど、それは僕にとって、ときにはゲームであり挑戦。いずれワクワクするものだった。もちろん挫折も目いっぱい味わうわけだけど、目標を見つけると挑戦したくなるんだから止められない。

前の項で、児童厚生員にはならなかったのは、大学で新たな目標を見つけたからと書いたけれど、その目標とは、「お金を稼ぐ」ということ。僕は働くことに魅了され、それを目指すべき目標とした。

そもそも、高校生のときから、金銭的に親に甘えてばかりはいられない事情もあり、買いたいものは自分でバイトして買っていた。もっと言えば、自分のメシくらい自分で働いて賄《まかな》う、くらいの気概だった。それでアルバイト三昧だったことはすでに書いたとおり。その頃の１か月の収入は高校生のバイトの常識を越えていたんじゃないかな。

特に、飲食店のバイトではどんどん責任ある立場に上がっていき、やがて店長レベルのマネジメント業務をこなすようになった。自分を含めてアルバイター全員のシフトを組むようになると、さらには１か月の売り上げ目標を設定して、それをクリアしていった。

業務内容のレベルは次第に複雑になっていき、同時に経営者からの信頼は厚いものになっていった。

言ってみれば、お金を稼ぐ喜びは、信頼を積み重ねる喜びだった。それでも高校時代は大学に行くことが当面の目標だったから、勉強も手を抜かなかった。ついでに言うと、友だちと遊ぶ時間だって手は抜かない。だから睡眠時間は３〜４時間の毎日だった。

晴れて大学に入学してからは、働いてお金を稼ぐ喜びと楽しさに、どんどん目覚めていった。職種は問わない。面白そうだと思ったらそれでいい。だから新橋の居酒屋の客引きのほか、街頭で試供品を配布するサンプリングディレクター、ボーイズバーでも働いた。

どのアルバイトでも必ず結果を出したから、僕はだんだん自分の力で稼いで生きていけることを自覚していった。働くことで得た達成感は、一般的な学生生活では得られないほど充実していた。

結果、僕は大学を中退した。

当時の僕は、自分で稼がなければならないという家の事情があったのは事実だけれど、単純に働くことが楽しかったんだ。努力したら努力した分だけ、お金という目に見える形で返ってくるのは、単純な性格の僕には合っていたのかもしれない。

また、働くことが信頼につながることも魅力だった。人が好きで、人間関係を大事にしている僕にとって、それは新しい発見だった。

自立できる確信があったのは、稼ぐ自信があったから

事故後、僕が自立することを第一の目標にしたとき、ビックリする人が多かった。「大丈夫？」「大変だよ」と。

でも、僕はそれまでにお金を稼いできた経験があるから、「できる、大丈夫」と確信していた。もちろん、みんなが心配してくれたように、障がいを持つ僕が自立して生活するのは簡単なことではない。でもそれは、言ってしまえば「制度」の問題だ。あとで詳しく書きたいと思うけれど、障がいを持っている人にとって、この社会はなかなか厳しい。

だからこそ、僕はあの時期に稼ぐ喜びを知ることができてラッキーだった。そうじゃなかったら、ビビッてしまったかもしれないからね。経験は、すべて宝だ。

働く理由。
それは人が喜んでくれるから。
それがすべて。

「セールス競争」で勝利できたわけ

大学を中退した僕は、ケーブルテレビの営業職として働き始めた。家を一軒一軒訪ねてまわって、ケーブルテレビの設置をセールスする仕事だ。

営業という仕事が、本当に楽しくてしょうがなかった。

僕は会社で一番の若手社員だったから、最初の1週間程度は先輩について営業の基本を学ぶ。その3日目のこと。僕は思わず言ってしまった。

「次の物件、僕にセールスさせてもらっていいですか?」

大チャンスを自ら作り、トライしてみたら、なんと契約を取りつけることができたんだ。なんというラッキー! 僕はこれでさらにやる気に燃えた。周りの人たちも盛り上がってはやし立て、それで僕はその先輩と「セールス競争」をすることになった。1か月間で、どちらの契約数が多いかで勝敗を決める競争だ。

僕が勝つと思っていたのは当然、少数だったけれど、1か月後、多数を裏切って僕は勝利した。

僕の営業成績は、その後も順調だった。でもそれは、目標とする先輩をめちゃくちゃ観察して勉強したからだ。

その先輩は3人いた。いずれもキャラの違うトップ営業マンだ。ひとりは天性の愛されキャラで、みんなから好かれている先輩。もうひとりは人生経験や知識が豊富な先輩。そしてもうひとりは、とにかく弁が立つイケメン先輩だ。

この三者三様の営業方法を観察して学び、僕なりの営業スタイルを試行錯誤しながら見つけていった。

そうして得た僕の営業スタイルは、いたってシンプル。「相手を好きになること」だ。

家を訪問したらずっと世間話をする。相手の目を見ながら、話すことがなくなるまで、いろいろな話をする。この人は日頃どんな生活をしているのか、どんな食事が好きか、何を生活の喜びとしているのか、最近楽しかったことは何か……話すことはたくさんある。グチだって大歓迎だ。

話すうちに相手のいろいろなことが見えてくる。優しい人だなとか、がんばっているんだなとか、きれい好きだなとか、慌て者だなとか……。

そうやってその人を知っていくと、どんどん好きになっていく。僕は相手のいいところを見つけるのが得意でもあるんだ。

相手のために何ができるのか？

そうやって相手を知り、いいところを見つけていくと、どんどんその人が好きになり、その人の力になりたいって思える。それがそのまま仕事につながることもあれば、そうじゃないときもある。

でも、仕事で大事なのは成約数じゃなくて信頼だってことは、高校時代のバイトで経験ずみ。

だから、僕は徹底的に、その人のためになることだけを考えていった。契約してくれた人に携帯電話の番号まで教えていたくらいだ。「何か困ったことがあったらいつでも電話して」って。

本当に電話してくる人は稀《まれ》だったけれど、でもそれは僕の誠意の表れだった。

社会人になって、僕はいっそう仕事が楽しくなった。でもそれは「努力がお金に変わるから」という、昔のような単純な理由じゃない。ただただ、目の前の人に喜んでもらえることが嬉しかった。

働くことは、人に喜んでもらえること。

僕が働く理由は今でも変わらない。

Ch.《チャプター》4 挫折や孤独やむなしさや 不安や怖れやせつなさや

裏切りも
裏切られもしない
考え方を見つけた。

見えないバリアは存在した

リハビリテーションセンターで約1年の職業訓練を経て、最初に就職が決まったのは横浜のＩＴ関連企業だった。仕事内容は社内チェック用のプログラミングと、それを用いたチェック作業だった。

障がい者枠で採用された僕は、新人研修から健常者とは違うカリキュラムだった。その事実を知ったのは、年末の社内パーティーだった。

7月から働き始めた僕は、同期入社とつながる機会がなく、そのパーティーの席で初めて自分だけスキルアップ体制から取り残されていることを知った。

その後、同期が順調に昇格しステップアップしていっても、自分だけは入社当時の待遇のままだった。どんなに努力しても越えることのできない、見えないバリアが存在していた。僕はそれを受け入れることができなかった。

だから、僕はバリアを突破するために、入社後3年で転職することを決めた。

転職活動を始めてから約2か月後に、現在働いている航空関連会社への就職が決まった。もちろん一般採用でだ。会社は僕の採用をトライアルととらえてくれて、僕の入社が決定した。

いいぞいいぞ、順調、順調

こうして僕は今、パソコンに向かって経理関係の処理と資料作成の仕事をしている。

職業訓練で本格的にパソコン作業に取り組み始めたときは、「自分には向いてないかも……」と感じることばかりだった。だって、僕がそれまで経験してきた仕事は外を飛び回って人と会うことだったから、じっと机に座ってパソコン画面を眺めているなんて性に合わない！　そう感じていたからだ。だから最初は手間取ることばかりで、失敗だらけ。

事故に遭う前は、仕事が大好きで自分の思うように試行錯誤をしてきたけれど、事故後の僕は就職も思うようにいかなかったし、仕事内容も決して得意なことをやっているわけではない。

でも、僕はいつも「いいぞいいぞ、順調、順調」と言う。

「ちょっとミスった！」なんてときも、「あぁ～しんどかった」ってときも、「今日はダルいなぁ」ってときも、いいぞいいぞ、順調、順調。

そう言うと、たいていのことは順調に思えるから不思議だ。

お弁当作りでちょっと失敗したときも順調、順調。階段でコケたときも、寝坊したときだって順調、順調って言っている。

すべては気の持ちよう

思いどおりにならないことは、世の中には本当にたくさんある。裏切られたと感じるときや、苦手でもやらなきゃいけないこともある。

でも、だからこそ環境を変えたいとか、挑戦したいって飛躍のときを迎えるんだ。

だから、あれこれ言っても始まらないことなら、全部、〝順調、順調〟にしちゃえばいい。すべては気の持ちよう。ウソだと思うなら、試しに言ってみて。

「いいぞいいぞ、順調、順調」

こう言うと、次に打つ手が見えてくることだってあるんだから。たいていのことは大丈夫になる。

命の使い方は
みんな違う。
それぞれの方法で命を尽くす。

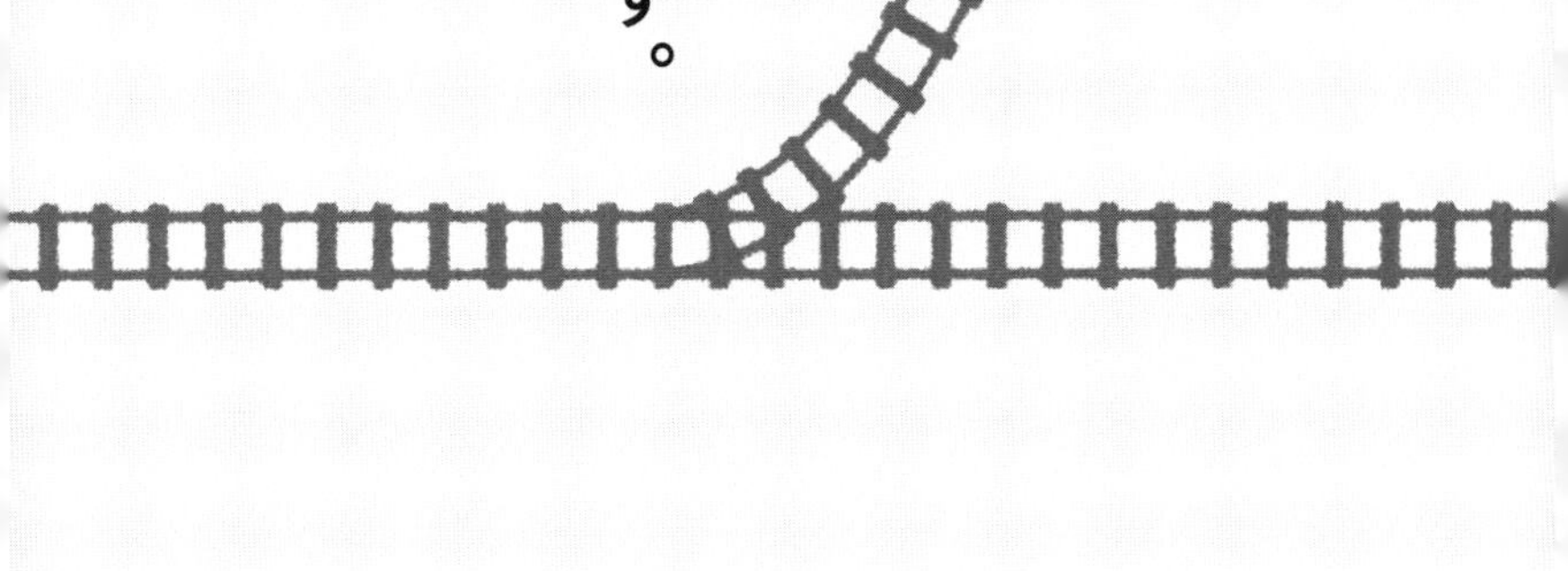

自分がどうしたいか。それを問う

あるとき、義肢装具士の中村さんから連絡があった。僕と同じように事故で手足を３本失った人がリハビリテーションセンターに入院してきたという。僕より１歳年下の青年だ。

「その子は元気に日常生活を送っているけれど、事故のショックからかリハビリに積極的になれない面もある。リハビリをやり遂げた先輩として、彼にアドバイスをしてくれないか」

そう言われて、僕は久々にセンターを訪れた。

その青年は車椅子での移動に慣れていて、義足のリハビリはそれほど進んでいないという。20歳そこそこでいきなり手足を失ったわけだから、思いどおりにならない体にとまどい、相当落ち込んでいるはずだ。そんな彼に向かって「リハビリをがんばろう」なんて軽々しく言えるはずがない。

僕が1年半かかると言われたリハビリ期間を半年でやり遂げられたのは、「自分がどうしたいのか」が明確だったからだ。

最終目標を「自立すること」として就職までを見据えたとき、まず最初にクリアすべきことが、「歩くこと」だった。だから義足のリハビリに迷いがなかったんだ。

義足にすればいいとか、車椅子のほうがいいとか、人が決めることではなく、自分が決めるしかない。そしてどんな選択をしたとしても、きっと間違いではないんだろうと思う。だって、選択して決めた先に、それぞれの命の尽くし方があると思うから。

人生は選択の連続だって書いたけれど、みんなそれぞれがいろいろな選択をしながら、命の尽くし方を探しているような気がする。

暗闇から
光を見るために
必要なものは、
プラスを数えること。

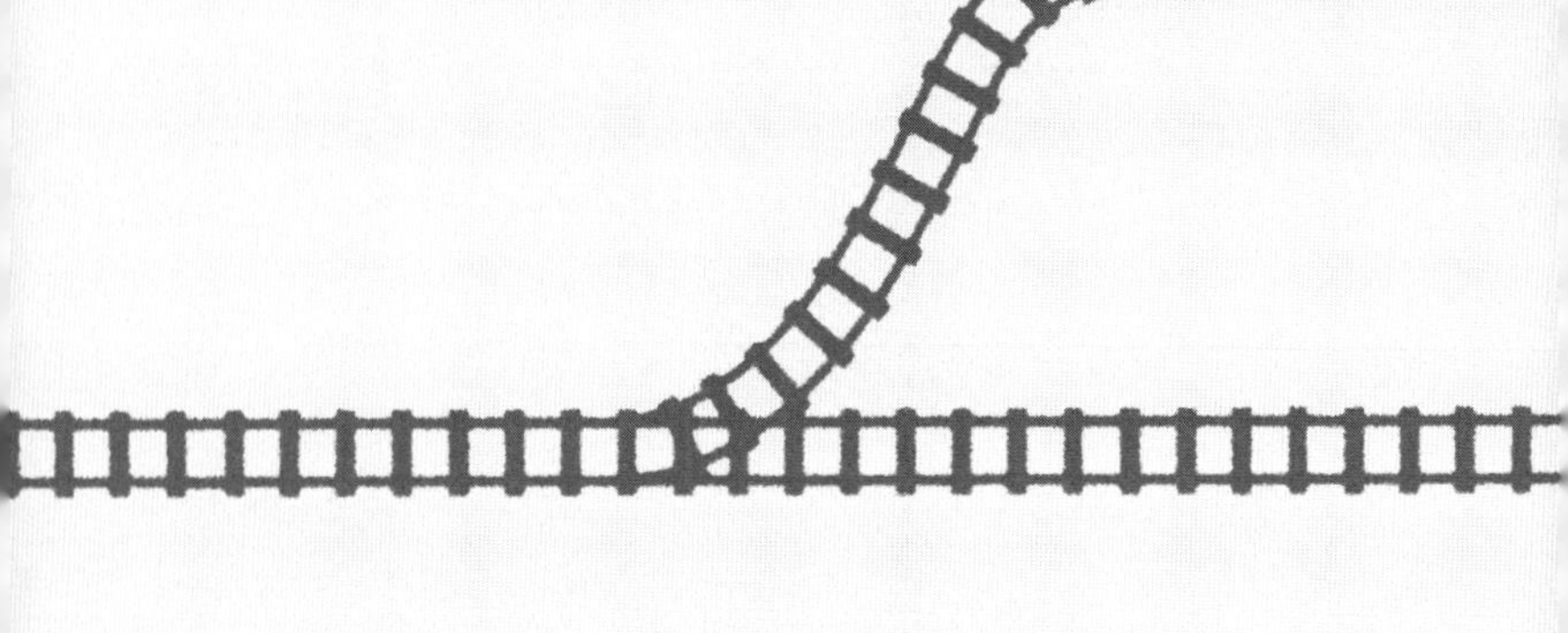

個性ってなんだ？

健康というのが、心と体の両方が健やかなことを意味するなら、僕の体はどうなんだろう。そんなことを思うときがある。

それは、手足がないから不健康ということではない。手足がないのに手足の感覚が残っているのは、おかしくない？　と。

ないはずの右腕はずっとしびれたままで、両脚は長時間、正座をしたあとのような状態が続くときもある。なくなった右腕と両脚は、事故後9年以上経った今でも、僕の意識の中では存在し続けた。

そのうえ、脚を失った今でも大腿骨は緩やかに成長しているようで、切断した縫合部分から肉を突き破って骨が飛び出すような激痛に見舞われることもある。そうなると、もう義足を履くことはできないから、1日横になって痛みが和らぐのを待つしかない。

そんなことが今でも年に一度は起こる。これが自分の体に日常的に起こっていることだ。でもそれ以外は、いたって普通なんだ。

マイナスの数ではなくプラスの数を数える

これは、健康？　不健康？　普通？　普通じゃない？

他人から見たら不健康であり、普通ではないんだろうか？

「個性」という言葉はよく聞くけれど、それがその人特有の特徴を意味するのなら、僕の体は明らかに個性的。でもそれは、すべてを受け入れられたときに初めて、自分の個性だって認められる気がしている。

人と違うことを受け入れられず、いわゆる「普通」を求め続けている限り、なかなか自分の個性には気づけないのではないのか、と。

僕の場合は、「ないものではなく、あるもの」に気づいたとき、自分の個性を認めることができたように思っている。

マイナスの数より、プラスの数を数える。
できないことより、できることを探す。
これは僕がいつでも考えていることだ。

左手があれば生きていける

人と比べても仕方ないってよく言われるけれど、そんなことは百も承知。でもそれって、言うほど簡単なことじゃない。知らず知らず誰かと比べてしまうのは、誰だってあることじゃない？

でも、今では比べることは悪いことだけじゃないと思っている。だって、比べることで、自分に「ある」ものに気づけるのだから。

右手はないけど、左手はあるとか。両脚はないけど、体はあるとか。右脚に関節はないけど、左脚にはあるとかね。関節があるって、とっても便利なことなんだから！　もし僕が義足で上手に歩けているとしたら、それは関節のおかげだ。

そうやって自分にあるものを見続けていくことで、自分なりの個性が見つけられる気がしているんだ。

事故後、僕は絶望した。人生を失ったと思った。でも僕にはたくさんのものがあった。自分に必要なものは、ずっと僕のそばにあったんだ。

「お前は左手があれば、生きていける」

そう言われたような気がした。

この感覚は、もしかすると「どん底」というところまで行かなければ、見つけられなかったのかもしれない。

だから今なら言える。どん底も悪くないんじゃない？　って。

寂しさを
知るからこそ、
人の大切さがわかる。

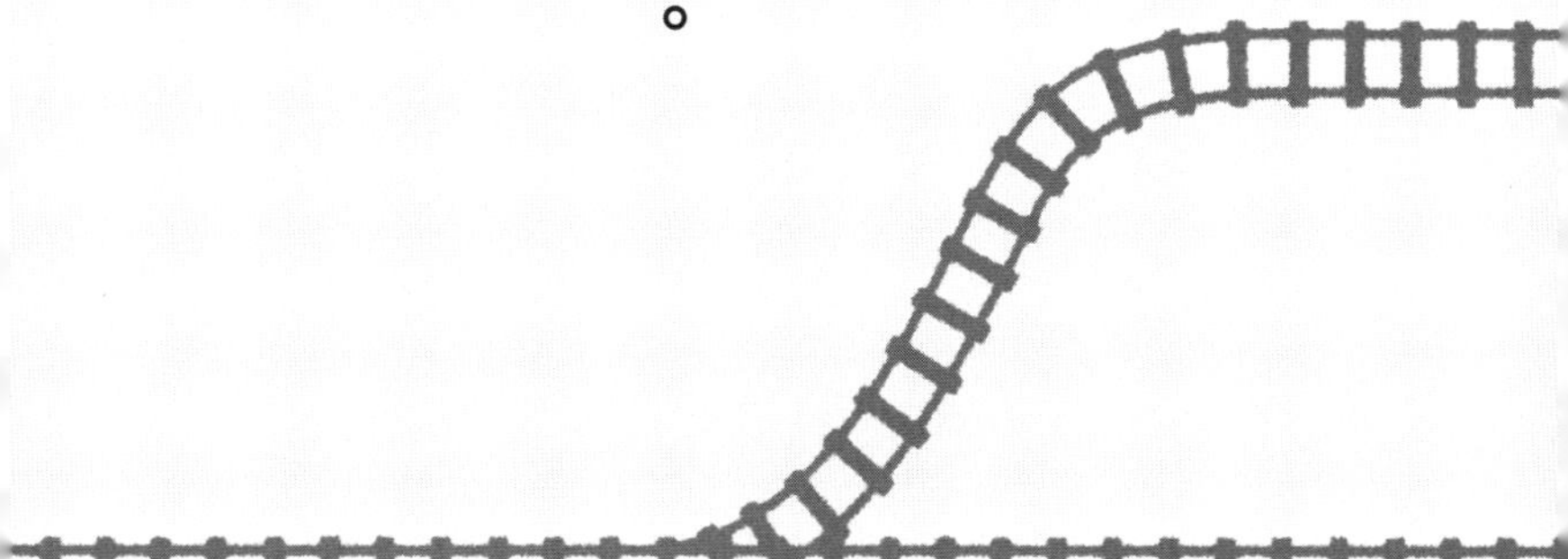

人間関係はキャッチボール

僕のキャラを一言で表すなら、ムードメーカー。小学生時代は友だちとなかなか馴染《なじ》めなかったり、中学生時代は不登校になったりしたけれど、それでも友だちだけは多かった。

僕の特技は、人のいいところをすぐに見つけられるところ。それに加えて、「来る者は拒まず」の精神だから、どんな人ともすぐに仲よくなれた。

僕は、人間関係はキャッチボールのようなものだと思っている。投げたら、投げ返してくれるもの。剛速球で来たら、剛速球で返し、優しい球なら優しく投げ返す。ときには返さなくてもいいような球でも、僕は返す。

いつだってそうだった。緊急搬送された病院でもそう。はた目には心配だらけの姿だったかもしれないけれど、生きると決めたあとは、僕はいつも笑っていた。

僕が笑顔のボールを投げたら、みんな笑顔のボールを投げ返してくれたんだ。

6階病棟、通称6Dのスタッフにとって、僕は印象深い患者だったそうだ。

病院では、手足3本を失った20歳の青年にどう接していけばいいのか、その対応を事前に話し合っていたそうだ。ところが、対応に苦慮するどころか、底抜けに明るい子がやってきたと評判になった。年齢の近い看護師は友だちのようだったし、少し離れている人はお姉さん、お兄さんになった。ときには僕がスタッフの恋愛相談に乗って話を聞くなんてこともあった。

でも、いくらボールを投げても、誰も返してくれないときがある。

それは夜だ。当たり前だけどね。

病院の消灯時間は早いから、長い夜が続く。暗闇の中にひとりでベッドに横になっていると、たちまち不安と寂しさに襲われた。病室は4人の相部屋だったが、闇の中にカーテン1枚で仕切られたベッドルームは、ひたすら孤独な空間だった。

「ちーちゃんが明るすぎて心配よ」

ある看護師の言葉が、軽く僕の胸に刺さる。

僕は夜なんか来なければいいと何度も思った。夜にボールを投げられない分、昼間にがんばり過ぎてしまったのかもしれないけれど、そんな僕の心は周りには全部お見通しだったようだ。

僕はどんな球も受け取り、必ず返すと決めている

僕は寂しがり屋で弱虫で孤独が嫌いなのかもしれない。だからいつだって、投げられるボールを持っていたいし、いつ球が来てもいいように、待ち構えていたのかもしれない。

僕は明るいムードメーカーであると同時に、寂しがり屋で弱虫で甘えん坊だったんだ。手足を失って、今さらそんな自分に気づいた。

でも、そんな僕だから、どんな球が飛んできても、絶対に投げ返す根性があると思っている。

どんな球でも、必ず投げ返そうと僕は決めているんだ。だって、投げた球が返っ

てこなかったら、誰だって寂しいでしょ?

深夜零時から始まった長い長い誕生日

入院中、僕は誕生日を迎えた。ちょうど日付が変わった深夜零時に夜勤の看護師3人が集まって、暗い病室で小さな声で「おめでとう」と言って拍手で祝ってくれた。そして昼間にはまた別の看護師3人が「ハッピーバースデー」を歌ってくれた。その日は友だちもサプライズでやって来て、プレゼントをくれた。散歩をしに庭へ出ると、そこで出会った人からもまたプレゼントをもらった。

深夜零時から続いた長い誕生日を終えた、その日の日記にはこう書いてある。

「今日は6Dと友だちのおかげで最高の誕生日でした。21年前の今日、俺をこの世に産んでくれてありがとう。それと21年間、俺を育ててくれてありがとう。せっかく健康に産んでくれたのに、こんなになっちまってごめんな。昔、誕生日は親にありがとうを言う日だって聞いて、『バカじゃないの!?』って思ったけど、今ならそれがわかる気がするよ。本当にありがとう」

この日、Mr.Children の『DISCOVERY《ディスカヴァリー》』というアルバムを誕生日プレゼントにもらった。そこに収録されていた『終わりなき旅』を聴いた。

息を切らしてさ 駆け抜けた道を 振り返りはしないのさ
ただ未来だけを見据えながら 放つ願い
カンナみたいにね 命を削ってさ 情熱を灯しては
また光と影を連れて 進むんだ

大きな声で 声をからして
愛されたいと歌っているんだよ
「ガキじゃあるまいし」自分に言い聞かすけど また答え探してしまう

閉ざされたドアの向こうに 新しい何かが待っていて
きっと きっとって 僕を動かしてる
いいことばかりでは無いさ でも次の扉をノックしたい
もっと大きなはずの自分を探す 終わりなき旅

この歌はこれまでに何度も聴いたことがあったけれど、このときまるで初めて聴いたかのような響きで、僕の胸に迫ってきた。僕も次の扉を開くために立ち上がろうと決めながら、めちゃくちゃ泣いた。

弱い部分こそ魅力になる

僕は弱虫で寂しがり屋だからこそ、球を投げ続けていた。そして飛んできた球を取り続けていた。その繰り返しから得たのは、大きな感謝と生きる希望だった。

入院中に迎えた誕生日は、まさにそんな１日だった。

そう考えたら、自分が持っている弱い部分や情けない部分って、魅力になるんじゃないだろうか。

僕が将来への大きな不安を抱えて先の見えない孤独感にさいなまれていたとき、そこから僕を救い出してくれたのは、やっぱり「人」だった。ベッドの上で眠れない夜を過ごしたからこそ、今まで以上に人の大切さを強く知った。

人ができる
最大の優しさは、
ただ寄り添うこと。

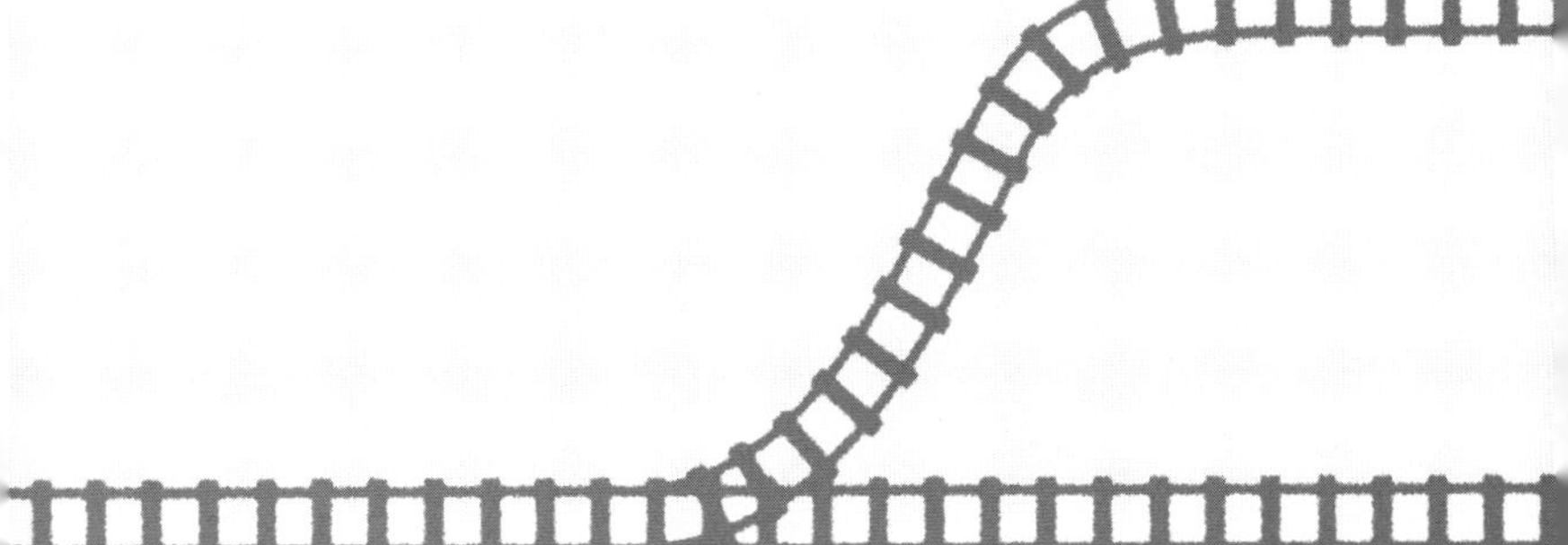

不安が決意に変わったとき

入院してしばらく過ぎたある日、僕は見舞いに来た友だちを車椅子で見送り、そのままエレベーターの前でたたずんでいた。すると、〝お姉ちゃん看護師〟がやって来て、外の景色が見えるエレベーターホールに連れていってくれた。

横浜の夜景を2人で眺めていた。

「この先どうなるのか不安だよ」

僕は思わずつぶやいた。

彼女は何も言わなかったけれど、涙を流していた。

ナースコールが鳴った。でも彼女はその場から動かない。僕が、行かなくても大丈夫？　という視線を送ると、

「今の私の仕事は、山田くんと一緒にいることだから」

と言ってくれた。

そして時間の許す限り、そのまま僕と夜景を見てくれていた。

ただそばにいてくれるだけで、ただただ安心できる人がいる。思い返せば、おばあちゃんもそうだったし、キャサリンもそう。そして緊急搬送されたみなと赤十字病院の6階病棟6Dの看護師やスタッフたち。彼らは24人いるけれど、僕は今でも全員の顔と名前を覚えている。

いつも賑《にぎ》やかにしている僕の横で、黙って寄り添ってくれる人がいた。頼れる人というのは、こういう人たちのことを言うんだろう。

僕はそういう人間になりたいと心から思った。僕と同じように不安や恐れ、寂しさや悲しみを持っている人に寄り添える人でありたい。

自分の経験と、そこから紡ぎ出した言葉と、たくさんの人に支えられてきた心を持って、今度は僕が寄り添える人になると誓う。

人に何をして
あげられるんだろう？
それを考えるのが人生。

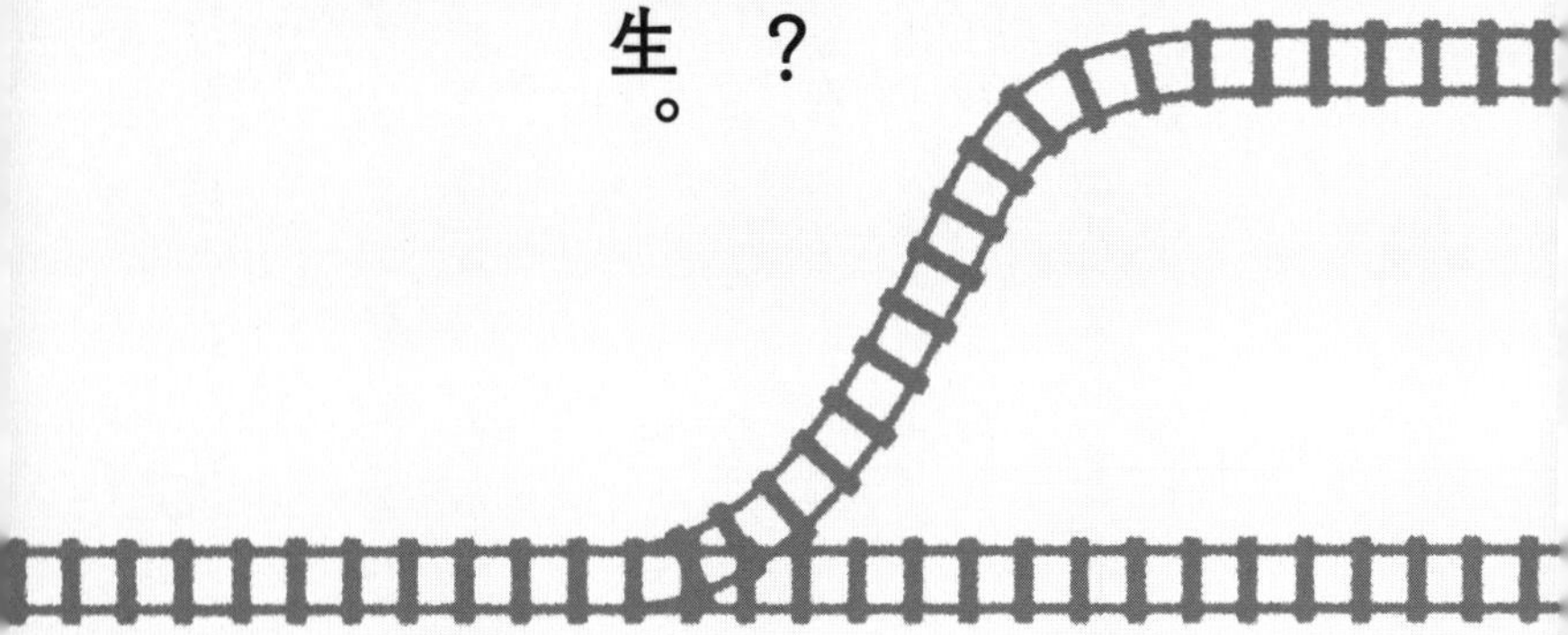

懸命に生きる14歳の少女が教えてくれたこと

僕の座右の銘のひとつは、「一期一会」。今ならＳＮＳの出会いだって一期一会だ。とても印象に残る出会いがあった。

それは、14歳の女子中学生から届いたダイレクトメッセージだった。

その子は片脚を失っていた。骨肉腫と白血病を患っていた彼女は、闘病しながら僕のインスタグラムを発見し、連絡をくれた。

「私は片脚がないので、校長先生から支援学校への進学を勧められました。高校の普通科を受験してもいいでしょうか？」

と書いてあった。僕はすぐに、

「まず自分はどうしたい？　それが一番大事だしそれを尊重するべきだよ」

と返信した。すると、

「私は『行きたい高校があります』と言っているのですが、『義足だから普通科じゃないほうがいいと思います』の一点張りです」

と、返信があった。

つまり、彼女は普通科の高校に行きたいけれど、校長先生は支援学校を勧めてくる。どうしたらいいか、というものだった。

それ以来、その少女とダイレクトメッセージのやり取りが続いた。

初めて連絡をもらってから2か月後の6月。彼女は入院した。送られて来るメッセージには、不安と闘いながら病に立ち向かっている彼女の切実な気持ちが綴られていた。

彼女は急性骨髄性白血病という病魔と闘っていた。抗がん剤治療が効かない場合、骨髄のドナーを探し、移植に成功しても生存率は50パーセントという難病だ。

「治らないと思ったほうがいいのかもしれません」

と語る彼女に、「気持ちで負けちゃダメ。信じよ？　それしかない！」と、僕なりに懸命にメッセージを送った。

その後も何度かやり取りをしていたけれど、8月になって連絡が途絶えた。そして、9月の半ばに彼女のお姉さんからダイレクトメッセージが届いた。

そこには、「妹は亡くなりました」と書いてあった。

お姉さんは、彼女が入院中に書いた僕宛ての手紙を送ってくれた。きれいな便箋に、14歳とは思えない丁寧な文字で書かれた手紙だった。

「拝啓　山田千紘様

この手紙を千紘さんが読んでいるのなら、きっと姉が届けてくれたのかな。

だって退院したら捨てようと思っているから」

手紙の書き出しを読んで、僕は心が締めつけられ、しばらく読み進めることができなくなった。

文面には、治療への不安、大人になるまで生きられないだろうという葛藤が綴られていた。そして、そんな入院生活の中でも、同級生が折ってくれた千羽鶴への感謝、病院の屋上から見える青空の美しさ、日々発見する見落としがちな小さな喜びについてしたためられていた。

「元気で何も不自由でなかったら気づけない、小さな幸せを病気で見つけられました。

死と隣り合わせだから、１回１回の経験がものすごく大切に思えて。

スルーしてしまうような感動に心動かされて」

彼女の綴る文章は僕の心に突き刺さった。なぜなら、僕も事故で手足を失ったことで初めて気づいた大切なものは、まさに人の優しさであり、肉親の愛であり、何気ない日常の有り難さだったから。

僕はいったい、彼女に何をしてあげられたのだろう。

僕は当時の自分を振り返りながら、そして彼女のことを想像しながら、思いつく限りのことを書いて返信したけれど。でも、それで何を伝えられたのだろう。

「千紘さんに言われるすべての言葉が心に響いてきます。自分なりに精いっぱいがんばります」

彼女はそう言ってくれた。

でも、僕はどんな言葉で、何を語れたんだろう。

僕の命を信じてくれた人のおかげで、僕はいまここにいる。誰かが僕に「希望の種」をそっと置いてくれたおかげで、僕は生きている。

今度は僕の番だ。

今度は僕が、誰かの心に希望の種を置くときがきた、そんな気がした。

やりたいことを
見つけたら、
まず自分を見つめる。
その意味を考え抜かなければ、
たちまちウソになるのだから。

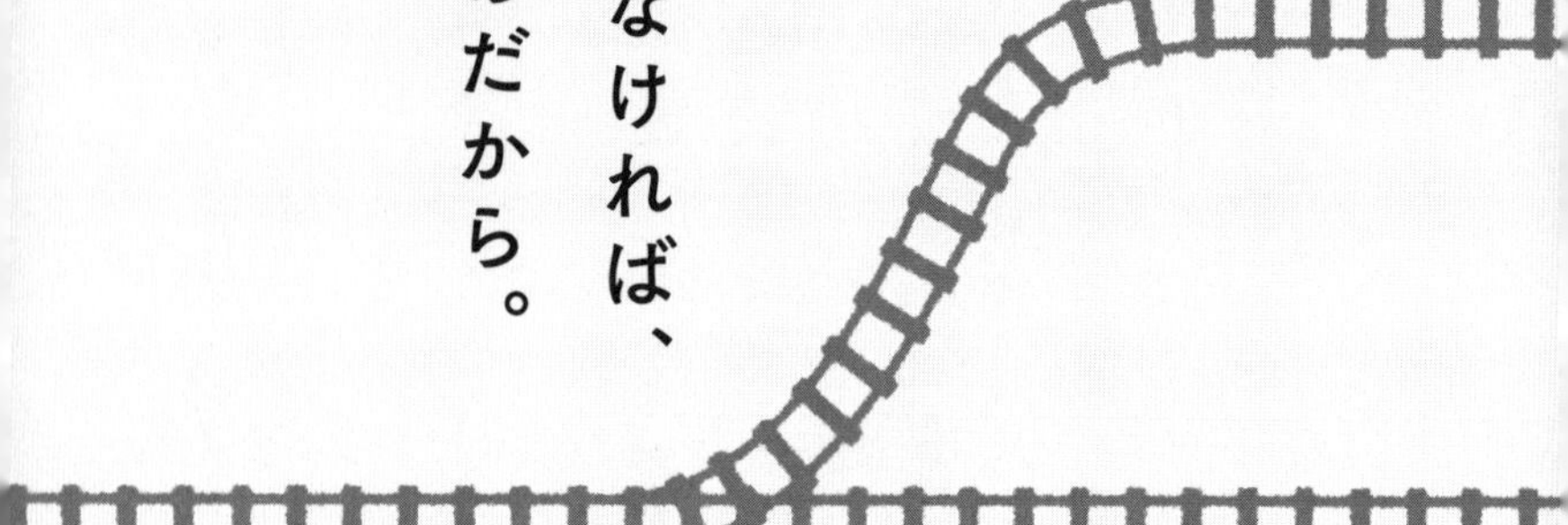

僕とユーチューブの出会い

寺田ユースケさんというユーチューバーがいる。彼が家族と一緒に配信している『寺田家ＴＶ《ティービー》』は人気だから、知っている人も多いんじゃないかな。

彼は生まれつきの脳性まひで脚が不自由。でも車椅子で全国をヒッチハイクして回るなど、驚くほどのバイタリティーの持ち主なんだ。

あるとき寺田さんから声をかけていただき、『寺田家ＴＶ』に出演させてもらった。

これが僕のユーチューブデビューだ。９回出演させてもらって、多いときには１００万回以上視聴された。コメント欄にもたくさんの感想をいただいた。

こんなこと想像もしていなかった。ユーチューブってすごい！　面白い！

ちょうど僕は自分の言葉をどこかで伝えていきたいと思っていた矢先だったから、さっそく自分のチャンネルを開設することに決めた。

でも、僕には映像制作の経験がない。動画の撮影はまだしも、編集作業をするには専用の機材や知識が必要だ。

そこで僕は、『寺田家ＴＶ』の撮影で知り合った動画編集者のタクに相談した。タクは僕より2歳年上で、テレビ局の編集マンを辞めて自分で映像編集の会社を立ち上げたプロ中のプロ。初対面から意気投合し、一気に仲よくなったタクに、思い切って動画作りの相談をした。

「俺の番組の映像を編集してくれないかな。一緒に盛り上がってこうぜ、多分俺、伸びるから！」

僕が自信とやる気を込めてそう言うと、タクはいいやつで、「わかった。でも最初はお金はいらないよ」と言った。

タクのようなプロに動画編集を頼む場合、1本ごとにギャラを支払うのが一般的だ。けれど僕は番組ごとの再生数に応じて、規定のパーセンテージを支払うことにした。

この方法を取ったのは、僕に潤沢な開設資金がなかったことはもちろんだけど、タクと一緒に動画製作したかったから。

「一緒に」というのは、「手伝う」というとらえ方ではなく、「自分のこと」として受け止めてほしかったんだ。動画がバズれば、入ってくるお金も増える。そうやって自分のこととしてとらえたほうが、やりがいを感じるでしょ？　それに「やらされている」より「やっている」と感じられるほうが楽しいはずだ。

面白いはずがつらくなるのはなぜか

２０２０年７月、『山田千紘ちーチャンネル』はこうして始まった。電車に轢かれたときの状況を語った動画は約５００万回の再生を記録した。

すると様々な動画共演のお話をいただくようになった。乙武洋匡《おとたけひろただ》さんとは互いのユーチューブに出演し合ったり、『ぷろたん日記』を配信している筋肉系ユーチューバーのぷろたんさんとは、ぷろたんさんの家で撮影してみたり、『コマTV』を配信している日本一フェラーリを持っているコマさんには、なんと念願のフェラーリを運転させてもらった！　免許を取っておいてよかった！

こうしてどんどん縁は広がっていった。

『山田千紘ちーチャンネル』は想像以上に注目を浴びて、僕はどんどん有頂天になった。コメントを見ては喜び、伸びていく数字を見ては、もっともっとと思うようになった。そして「次の動画もバズらせないと！」と焦り出していった。

そのうち僕は、動画をアップするとすぐさま評価の数字が気になり、視聴回数が気になり、チャンネル登録者数が気になり……スマホ片手にずっと数字を見つめる日々になっていった。これはユーチューブをやっている人なら少しわかるんじゃないかな。

僕はかつて、高校や大学時代のバイトでも、ケーブルテレビの営業でも、お金という数字を追い求めていた。自分の実力や努力が数字で見えることが、単純にわかりやすくて好きだったんだ。だからユーチューブを始めたときも数字を追った。

でも、かつてと違うのは、ちょっとシンドいこと。数字を追っているのは仕事のときと同じなのに、何かが違う。これってなんだ？

それでも、数字を伸ばすためにどうすればいいかを考える。そんな毎日だった。

背伸びすると、何もかもが不安定になる

ふと恐ろしくなった僕は、一時期、ユーチューブを離れた。

数字を気にし過ぎて、何を撮ればいいのかわからなくなった。だから何を語ればいいかもわからなくなった。そして周りの反響についていけず、「すごい」と言われたら「すごい自分」にならなければって、自分を追い詰めていったんだ。

そもそも、なぜ僕は動画を作り始めたのか。それは自分の気持ちをストレートに語りたかったから。日常を伝え、思いを伝え、それでもし誰かが笑顔になってくれたら嬉しかった。僕の経験と、そこから得た気づきを伝えることで、誰かを元気にしたかったんだ。そんな思いから始めた動画制作だった。

でも、数字を気にして、みんなの期待に応えようとし始めたら、とたんに自分の

言葉を失ってしまった。

自分の言葉をどう伝えるか

思いを伝えるのは本当に難しい。どんなに伝えたい思いがあっても、それが相手にきちんと伝わらなかったら意味がない。誤解され、勘違いされて逆に相手を傷つけてしまうことだってあり得るんだから。

自分の経験をどう語るのか。どんな言葉で語るのか。それをもっともっと見つけるために、僕はこれからも自分と向き合っていこうと思っている。

「すごい人」の言葉ではなく、等身大の自分の言葉は、とことん自らの内面を見つめなければ出てこないものなんだろう。

数字ではなく、まず言葉だ。そう思い切れたらもう数字にはとらわれないんだろうな。それって最強だ。

他者の批判から
自由になるには、
相手を他者だと
思い切ることでしかない。

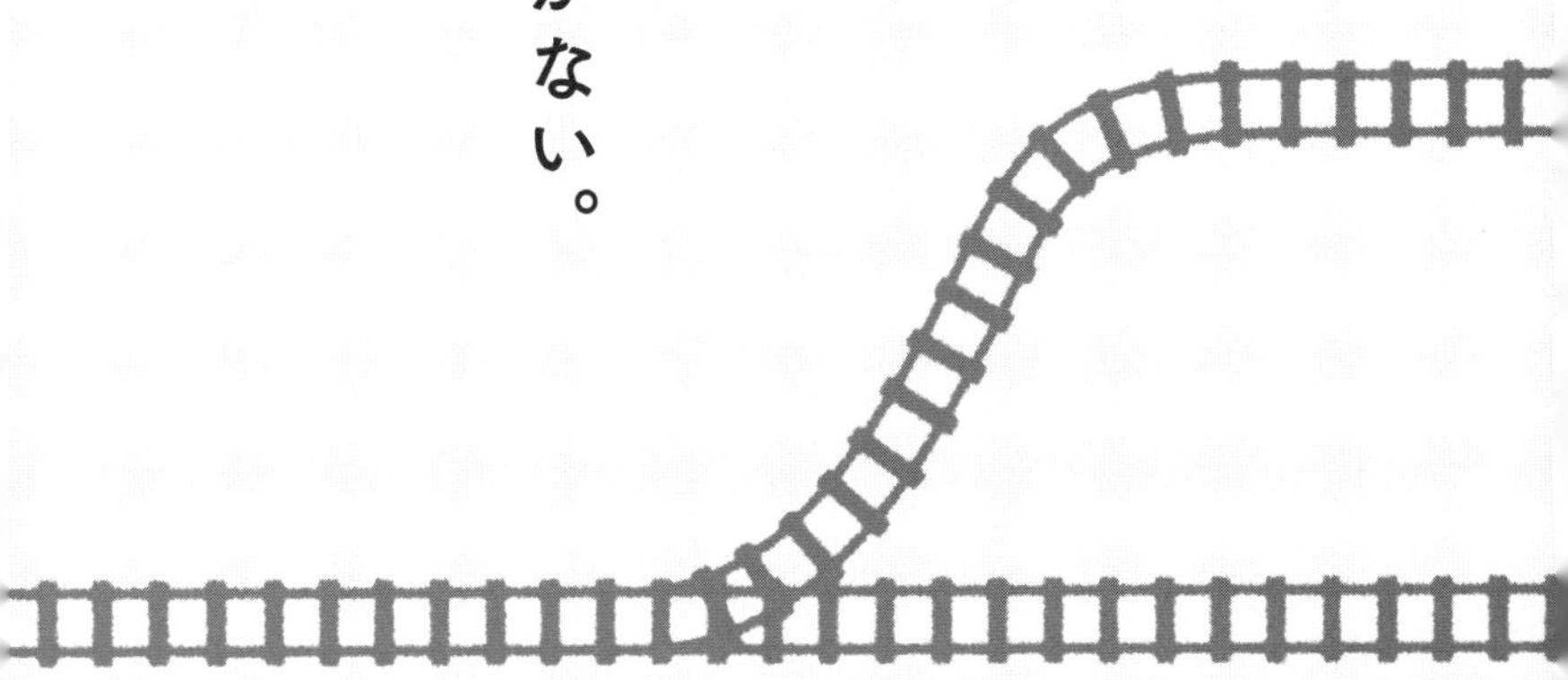

「そんなに僕を好きなんだね！」

僕は今、ツイッター、インスタグラム、ユーチューブをやっている。情報発信をするときに心がけているのは、「これは誰かのためになるのか？」ということ。だから、僕の様子や言葉で、同じような障がいを持った人が元気になってくれたら、それだけで嬉しい。逆に、励ましや温かいメッセージをもらって僕のほうが元気をもらうこともある。

メッセージの中には当然ながら罵詈《ばり》雑言《ぞうごん》もある。

たとえば、事故に遭ったときは泥酔していたんじゃないかという憶測が広がり、「障がいを負って当然」「大酒飲んだ末の自業自得」なんて書き込みをもらうこともある。

そういう人に何を言っても仕方ない。人に悪口を言われたら、そりゃあ苦しいしイヤな気持ちにもなる。でも言っているのは、通りすがりの見ず知らずの人。だから、僕はあまり気にしない。エゴサーチもしない。だって世間にはいろいろな考えの人がいるわけで、批判意見を持つ人がいるのも当然だから。

「そういう人もいるんだ」

で終わり。僕を知らない人の言葉に一喜一憂するなんて、おかしな話だからね。

もし自分への批判や悪口が耳に入って凹《へこ》んでしまったなら、こう思えばいい。

「そんなに僕のことを気にしてくれるなんて、僕のことが好きなのかな？」

もちろん、批判の中には大切な意見もあると思う。でも耳を傾け過ぎて動けなくなるなんて意味がないこと。ましてや人を傷つけたいだけの批判に耳を貸す必要は、ない。

Ch.《チャプター》5 明日を迎えに歩く。走ったっていい

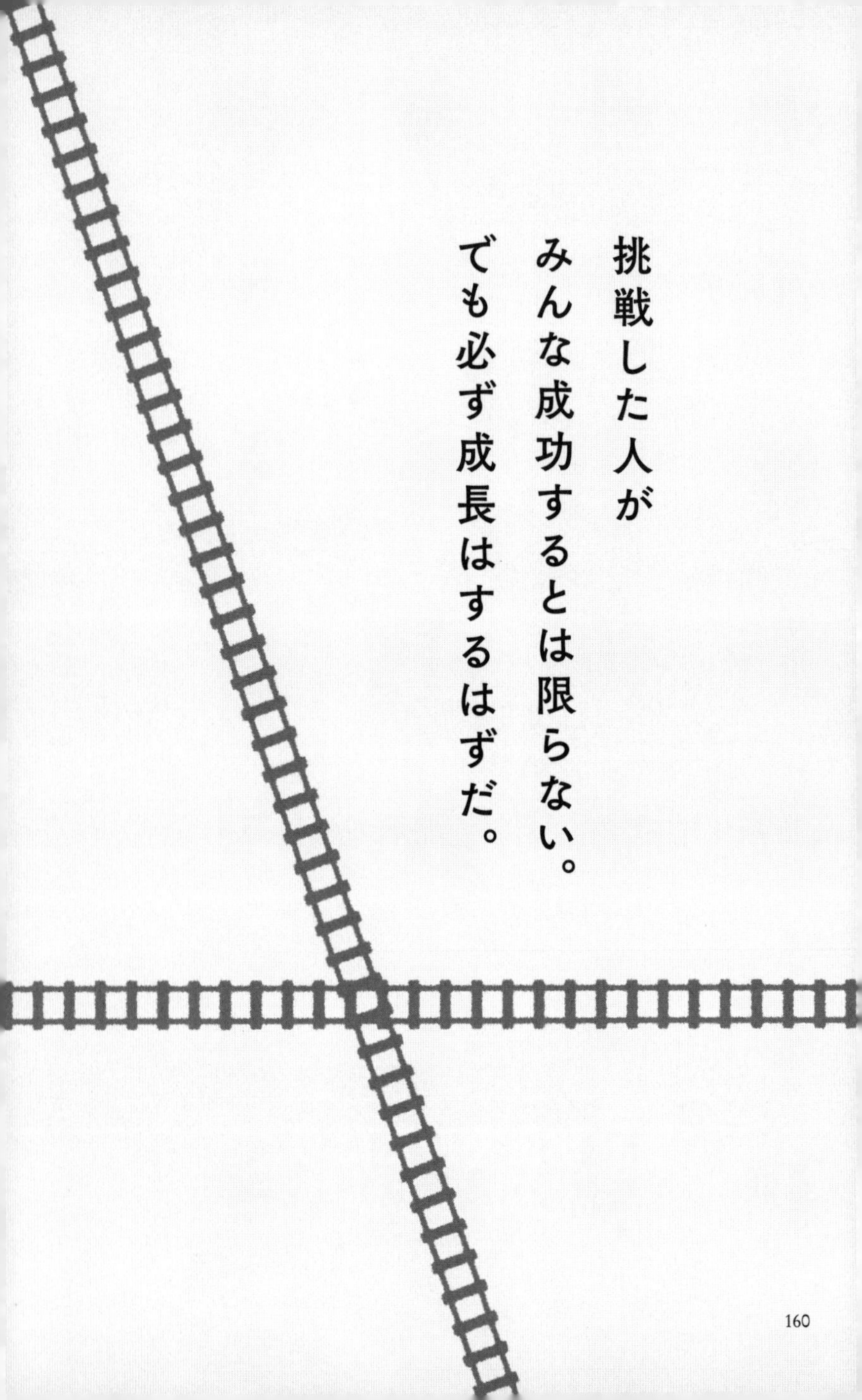

挑戦した人が
みんな成功するとは限らない。
でも必ず成長はするはずだ。

海を越えて十数年ぶりに再会した友だち

僕が「自立する」と決めた大きな理由は、友だちと一緒に生きたかったからだとチャプター1で書いたけれど、僕にとって友だちは、「人生」と言えるくらい大切なもの。頭の中を何で埋めたいかと聞かれたら、知識で埋めるより友だちでいっぱいにしたいと思っているくらいだ。

学生時代は少々ハメを外したこともあったけれど、「群れるために群れる」という仲間ではなかったから、自分がやりたくないことに無理してつき合うとか、遊びに夢中になってバイトを遅刻するとか、その場の雰囲気に流されて行動するなんてことはいっさいなかった。それなりにみんな「自分」というものを持ってつき合っている仲間だった。

ヨシヤもそんなひとりだ。でも高校1年の頃、僕とヨシヤはちょっとしたいさかいからケンカになり、疎遠になった。そんなとき、ヨシヤが単身アメリカに行くという話を、共通の友だちから知らされた。旅行でも短期の語学留学でもなく、生活拠点をアメリカに移す覚悟で渡米するという。

「あいつ英語もまともに話せないくせに、大丈夫なのか……？」

心配する気持ちを絶交しているヨシヤに伝える手段がないまま、彼はアメリカに旅立っていった。

それから12年後、遠く日本とアメリカに離れていながら、僕とヨシヤはＳＮＳを通じて再会を果たした。英語も話せないままアメリカにいったヨシヤは、今ではネバダ州のラスベガスを中心に、米国中を飛び回るビジネスマンになっていた。

10代の頃の苦い思い出なんかとっくに忘れて、僕らは夢中で近況や将来について語り合った。

日本とアメリカ、遠く離れた場所に住みながら、僕らはネットを通じて十数年ぶりに交流を再開させた。

「ちーくんにとって、挑戦ってなんですか？」

２０２０年の暮れ頃、僕は精神的にかなり参っていた。先述したユーチューブの配信への怖れもそう。それまで好調だと思っていた分、一度不安になるとどんどん迷い、混乱しては焦り、そんな自分を情けないといつまでも責め続けた。さらに将来への不安やプライベートの様々な問題も襲ってきた。

ひとつの小さな不安を拾ってしまったばっかりに、今まで積み重ねてきたものが次々と崩壊していったようだった。動けば動くほど、泥沼の深みに落ちていくような日々が数か月続いていた。

ヨシヤはそんな僕を一発で見抜いた。

「ちーくん、何やってんだよ！」

そう言われても、答える言葉がない。するとヨシヤはさらに真面目に問いかけてきた。

「ちーくんにとって、挑戦ってなんですか？」

この問いかけに、僕はハッとした。事故に遭ってからの僕の人生は、まさに挑戦、チャレンジの連続だったからだ。ひとり暮らしをすることも、義足での電車通勤も、ＳＮＳで発信することも、すべてが挑戦だった。

「挑戦した人がみんな成功するとは限らない。でも必ず成長はするはずだ」

僕が言葉を選びながらそう答えると、ヨシヤは英語の一文を言った。

『Good people talks about book. Poor people talks about people.』

「（意識が）高い人は読んだ本や学んだことを話す。（意識が）低い人は人のことばかり気にして話す」

これはヨシヤの座右の銘らしい。

この言葉を聞いたとき、僕はどっちの人間なのか考えてみた。

僕は後者だった。僕は意識が低いんだと痛感した。そしてこの言葉の意味を考えれば考えるほど、胸にこたえた。

このままじゃダメじゃないか、俺！

そう思ったとき、横っ面をたたかれて目が覚めた気分だった。

ヨシヤとの再会は、懐かしさだけではなく、僕に大きな前進の一歩を与えてくれた。

ちなみに、僕の座右の銘は「一期一会」だと先に書いたけれど、もうひとつある。

「持ちつ持たれつ」だ。

助け合って生きていこうよ。

僕はこれまでにたくさん助けてもらったから、できる限りの恩返しをしていきたいと思っている。今回は、ヨシヤに助けてもらった。２０２０年暮れに自分に起きた出来事から、僕は自分というものについて、たくさんのことを学んだ。ヨシヤの座右の銘のとおり、学んだことをきちんと自分の言葉で語ることで恩返しをしていきたいと思う。

かなわない！
そう思って目標にする人が
いるから成長できる。

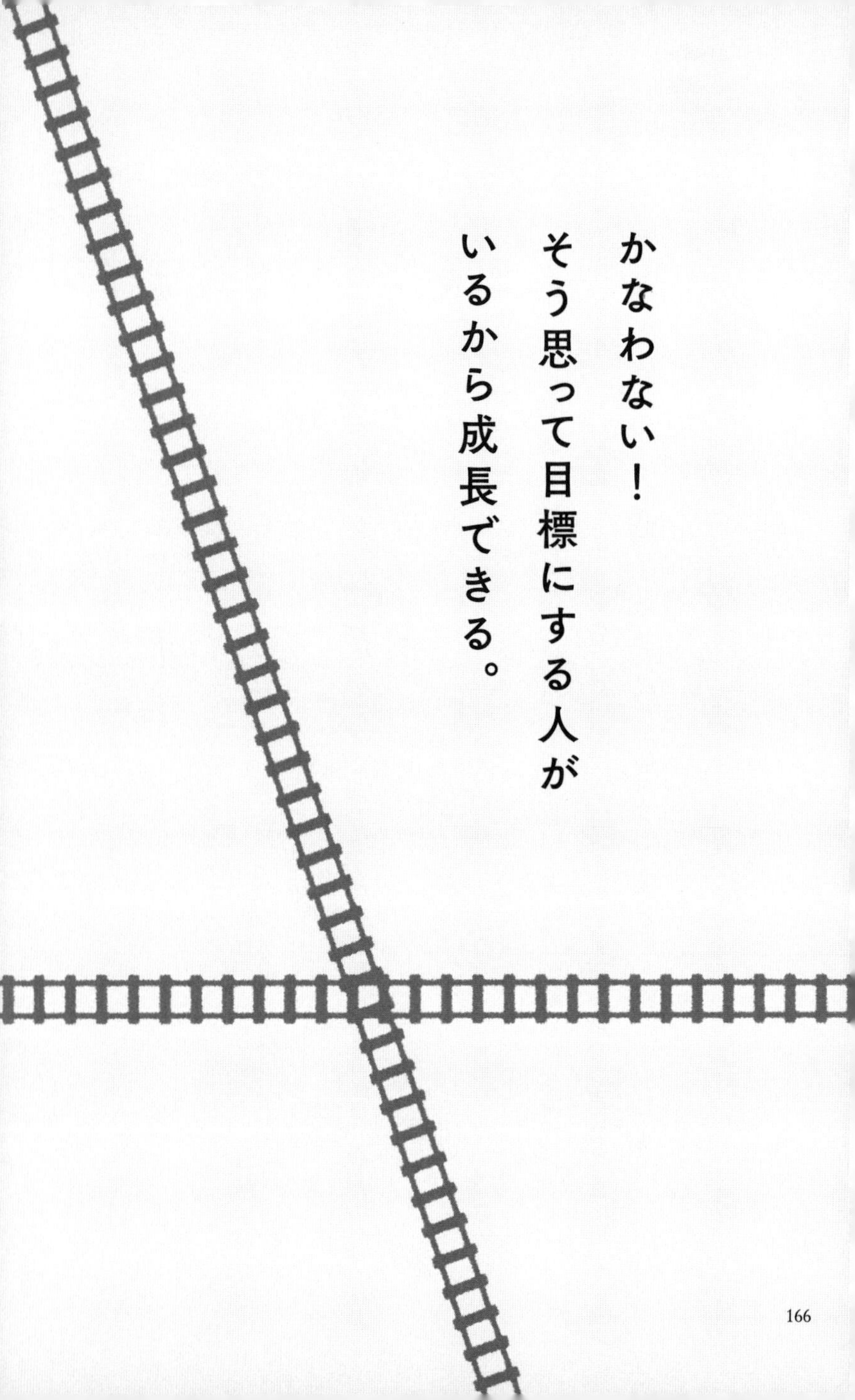

目標になる友だちと、夢を語れる仲間

僕ががむしゃらにがんばるときは、必ず目指すべき目標の人がいる。「キャサリンのような児童厚生員になりたい」と思ったから、不登校を返上して勉強した。「先輩みたいにカッコよく稼ぎたい」と思ったから、ケーブルテレビの営業をがむしゃらにがんばった。そんな目指すべき目標のひとりに、小須田潤太くんがいる。

彼は僕より1歳年上で、交通事故で右脚を大腿部から失い、同じ時期に国立リハビリテーションセンターに入院していた。

彼はイケメンのうえに、体はバキバキに鍛えられていて、顔も体もカッコいい僕の憧れの人だ。すべてにおいて僕は彼に負けていたけれど、嫉妬する気も起きないほど優しくて気持ちのいい人なんだ。

小須田くんがリハビリに励む姿を見て、どれほど刺激を受け、どれほど発奮したかわからない。

あるとき、彼が陸上競技でパラリンピックを目指すと聞いた。努力家の彼ならやっちゃうんだろうな〜なんて思っていたら、あっという間に世界ランキングに顔を出すトップアスリートになってしまった！

現在、彼は株式会社オープンハウスに所属し、２０２１年の東京オリンピック・パラリンピック出場が内定している。そして、この原稿を書いている２０２１年６月現在、僕は聖火ランナーとして走る予定だから、ちょっとした競演ができるんだ。彼とは今でも定期的に会っては、近況報告し合っているけれど、夢を語り合える友だちは最高だ。

僕は過去を話すより、未来を話していたい。

「できないこと」より、「やりたいこと」を話していたい。

そんなことを語れる仲間がいれば、どんな未来だって楽しめる気がしている。

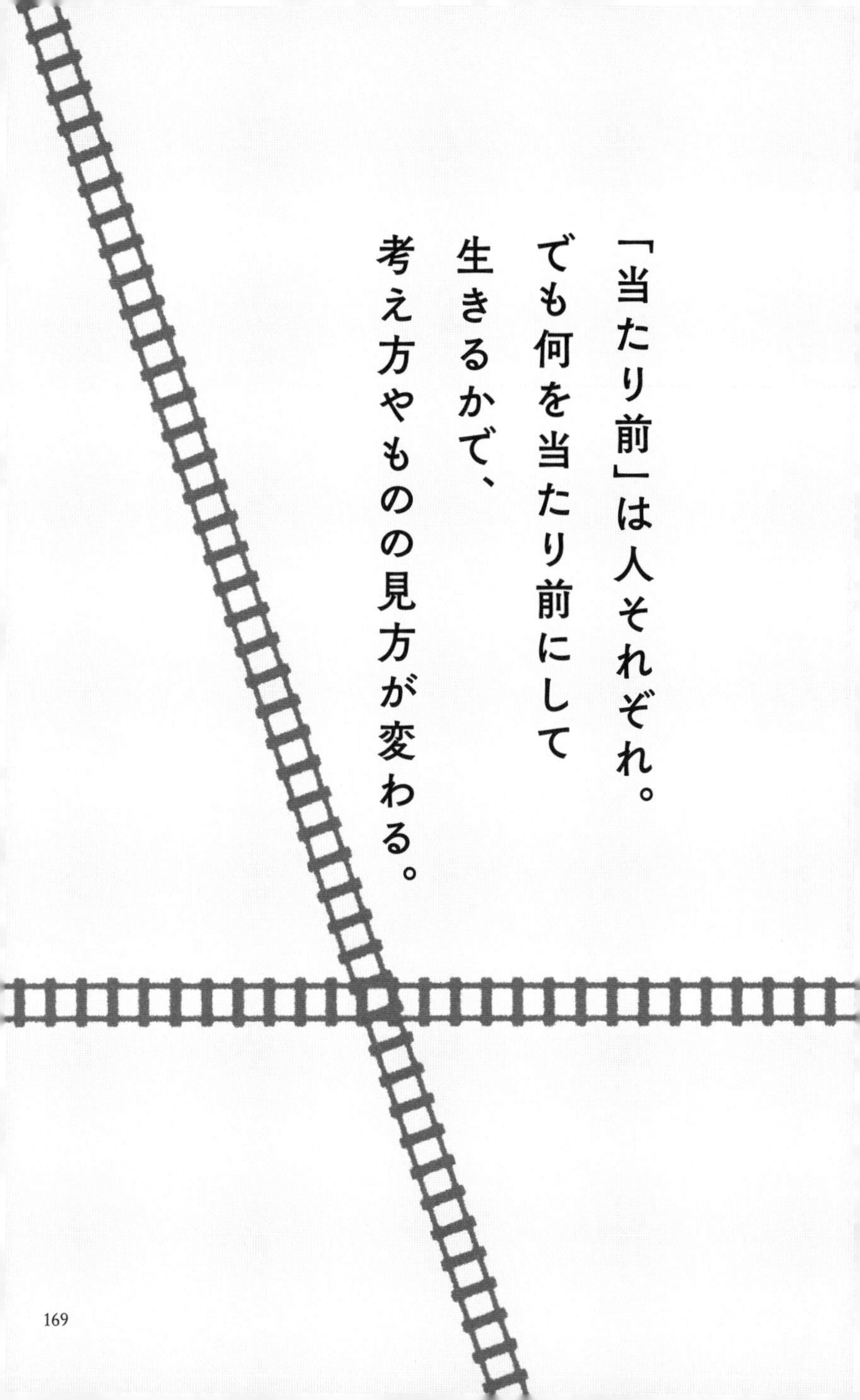

「当たり前」は人それぞれ。
でも何を当たり前にして
生きるかで、
考え方やものの見方が変わる。

4年かけて幹事をやり続けた同窓会

就職が決まって一段落した頃、僕は自分の人生を振り返って思った。僕は今まで、どれだけの人に出会ったのだろう、と。

命を取りとめてからリハビリを経て社会復帰をするまで、僕は本当にたくさんの人たちに助けられてきた。でもきっとそれは事故の前から同じで、それまでだって先生や友だち、たくさんの人に助けられて、今日まで来られたんだろうと思ったからだ。

そこで、僕は今まで会った人、全員に会いたくなった。

旧友や学校の同級生、お世話になった学生時代の恩師は、僕の事故について噂を聞いて知っているだろう。だったら元気に働いている自分を見てほしいと思った。心配無用だって伝えたかった。それに、みんなもどう過ごしているのかを知りたかったんだ。

僕は、通学した歴代の学校の同窓会を計画していった。

みんなに連絡をして出欠を聞き、連絡が取れない人には友だちのつてを当たるなどして、マメにあちこちと連絡を続けた。会場となる店は、どんな店でもいいというわけではない。たとえば、家や会社から遠いのはＮＧ。義足だから座敷はＮＧ。だからテーブル席で、なおかつみんなが気軽に参加できるリーズナブルな店……と、こんな感じで参加人数に合わせて店を選んでいった。

事故から2年経った22歳のとき、最初の同窓会を開催した。

まずは、保育園の友だち6人が集まった。全員女性で母親になっている人もいた。

その次に開催したのは小学校の同窓会。60人の友だちが参加してくれた。それから中学時代は8人、その後の高校時代の同窓会も50人くらいが集まってくれた。

最初に開催した保育園の同窓会から3～4年かかったから、当時は同窓会の幹事がライフワークのようになっていたくらいだ。

そこで会う人たちは、僕を助けてくれる人はいても、僕に遠慮する人はいない。

そんな昔からの友だちという居心地のよさがあった。

店内の移動で助けが必要なときは、「足が悪いから頼むわー」と僕は大声で言い、周りも申し訳ない様子や慌てる様子もなく「はいはい」で終わり。

それは昔と変わらず、当たり前の風景だった。

「当たり前」が同じ人

「当たり前」って、なかなか難しい。だって人によってそれは全然違うのだから。

僕には右手と両脚がない。これが僕の当たり前だ。だから同情されたり、面倒がられたり、気を遣われたりすると違和感がある。

もし僕が女の子を好きになり、つき合いたいと思ったら、まずこの当たり前を最初に擦《す》り合わせなければいけない。

「僕は両脚と右手がないけど大丈夫？」

こう聞くと、様々な反応が返ってくる。

「へ～、そうなんだ」

そんな自然な反応が返ってくると、彼女と僕の「当たり前」が同種のものであるとわかって、ドキドキする。そして安心する。

無遠慮というのでもなく、ありのままをただ受け止め合える関係は、僕だけじゃない、誰にとっても貴重なことじゃない？

「体が不自由な人はかわいそう」というのは当たり前か？

以前こんなことがあった。観光で訪れた漁港の魚市場を散策していたときだ。家族連れで賑わう市場内に両脚義足の僕が現れると、小さな子どもたちが珍しいものを見るように反応し始めた。

「ママ、見て。あの人の体、いろいろ大変なことになってるよ！」

僕を指差し、幼稚園の年長さんくらいの女の子が大声で言った。そこで僕が大きく手を振ると、お母さんは恐縮しきり。いえいえ、お気になさらずに。

子どもは義足を見慣れていないのだから、驚いて当然だ。

でも、僕は僕のような存在を「うわっ！」でも、「すごいね」でも、「かわいそう」でもなく、当たり前にしたいなって思っているんだ。


「手足がない人は大変だ」というのが当たり前なら、僕はたちまち大変な人になる。

「足がない人は、車椅子で移動する」というのが当たり前なら、僕はちょっと違う。

逆に「手足がある人は、なんでもできる」というのは当たり前だろうか？

「高収入の人は幸せ」というのは当たり前だろうか？

「お母さんは家族の食事を作る」は当たり前だろうか？　僕の家の場合は、半分当たり前で、半分違う。

そして、「体が不自由な人はかわいそう」というのは当たり前だろうか？
もし多くの人が「自分とは違う」と自分の「当たり前」でその人を見れば、目の前の人は「かわいそうな人」にもなるし、「不自由な人」にもなるし、「大変な人」

にもなる。たとえその人がどんなに幸せであったとしてもね。

違いを受け入れているか、どのように受け止めているかで、人それぞれ当たり前は違う。それは、健常者とか障がい者とかいう違いではないはずだ。

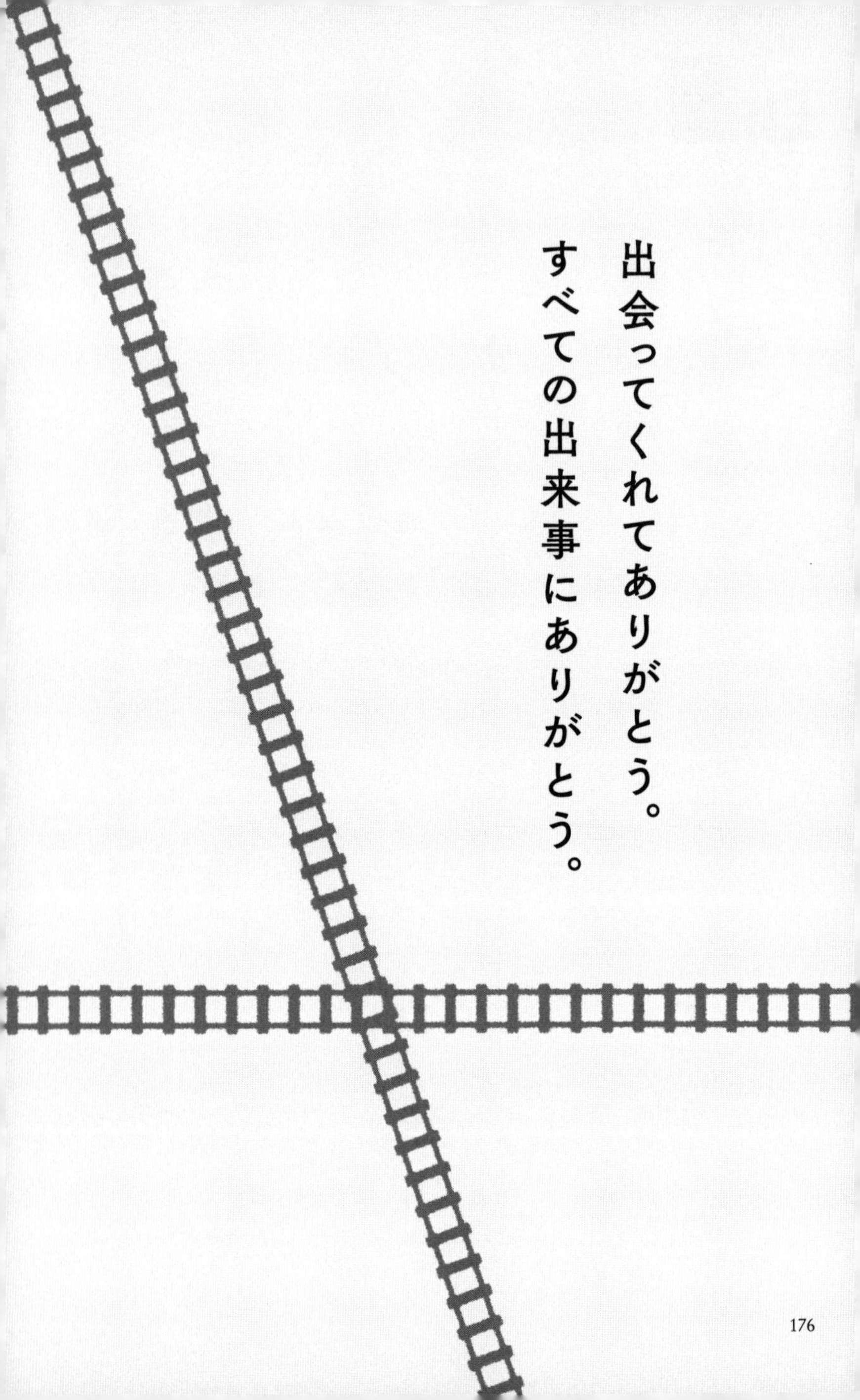

出会ってくれてありがとう。
すべての出来事にありがとう。

3回、死んだ

僕はこれまでに2回、死んでしまおうと思ったことがある。

1回目は、緊急搬送されたみなと赤十字病院で1週間ぶりに目覚め、自分の体を見たとき。

利き手である右手と両脚を失った自分の体は、もう僕が知っている体ではなかった。絶望して、それからずいぶん長い間、涙を流し続けた。

消灯後、暗くなった病室で横になっていると、死がリアルに迫ってきた。生と死の間をゆらゆらと行き来しながら夜を過ごし、窓の外が少しずつ明るくなってくると、どうやって死んだらいいのかもわからない自分の体を見て、また絶望した。この繰り返しだった。

でも、僕はこのとき、死を選択しなかった。なぜなら、「自立して生きる」という希望を見つけたから。仲間と共に生きていくと誓ったからだ。

そのために目標を立ててリハビリに励んだことは、すでに書いてきたとおり。

2回目に死んでしまおうと思ったのは、職業訓練を経て、就職活動を始めたときだ。

自立しようとリハビリに励み、ようやく「就職」という目標に手が届いたとき、僕は再び絶望を味わったのだから因果な話だ。

求職全体の中で、障がい者枠での採用は、あまりに少ない。全求人の5%ほどしかないのが実情だ。その中で正社員での雇用となるとさらに少なくなる。

「障がい者」と一言で言っても、僕のように手足を3本失った者から、比較的軽度の人まで、障がいの程度はいろいろだ。しかし、障がい者全員がその5%の枠を目指したら、いったいどれほどの倍率になるのか。しかも障がい者枠で雇用された人に求められるスキルも、支払われる賃金も、一般採用枠より低く設定されている。

障害年金や手当がまったく支給されない僕は、給料だけで生活をすることになる。

家からも国からも援助を受けられない僕は、「働いて生きればいい」と決めていたけれど、働いても生きていくことができないわけだ。

それくらい、僕に与えられた待遇は、とても自立できるようなものではなかった。

ハードな目標を立てて2年間リハビリをし、少しでも役に立てばと様々な検定や資格を取ったけれど……。

「社会は僕を必要とはしていない」。そう思った。

国が、社会が、僕に「死ね」と言っているとしか思えなかった。

僕は夜になるのを待って、リハビリテーションセンターのサッカーコートに行った。サッカーゴールの枠にひもをかけようとしたそのとき、携帯電話が鳴った。

兄からだった。

僕は号泣することしかできず、絞り出すように「ごめん」と言った。

状況を察した兄は、「ふざけんな!!」と叫んだ。

激高する兄の声を、僕はそのとき初めて聞いた。

「お前、今から死ぬって？　そのことを助けてくれた先生や看護師たちに言えるのか？　みんなベストを尽くして、お前を生かしてくれたんだぞ！　まだお前は自分のことしか考えられないのか！」

ごめん、ごめん……と泣きながら言い続ける僕に、

「お前は生かされたんだ。そのことは忘れるな」

そう兄は言った。

こうして僕は3つの希望を手にした

僕は3回、死を身近に体験したことになる。最初は電車にはねられ命を失いかけたとき。2回目は手足を失い絶望して自殺を考えたとき。そして3回目は社会から見殺しにされたと思ったときだ。

でも今、僕は生きている。生かされている。

命は、希望だ。

と言うことは、逆に言えば僕は3つの希望を手に入れたとも言える。

その3つこそが、今の僕の生きる目標であり、存在する意味だと思っている。

そのひとつは、恩返しをするということ。

命を助けてくれた人には、感謝してもしきれない。だから命への感謝と、人の思いの強さと深さを伝えられる人間になりたい。そのうえで生かされた命をまっとうすることが、恩返しだと思っている。

2つめは、誰かの勇気になるということ。

絶望のどん底にいた僕は、たくさんの人から救い上げてもらった。不安や怖れ、悲しみや失望を、笑顔に変えてくれる誰かがいつもいてくれた。だから僕も同じように、どん底にいる人や不安や失望の中にいる人に、笑顔を、力を与えられる存在でありたい。

そして3つめは、僕の経験を社会に還元していくことだ。

僕が経験したことはいいこともあったけれど、しんどかったこともたくさんあった。障がい者雇用を取り巻く環境も改善する点は多いと思っているし、日常の生活や制度の問題などもいろいろある。

僕のような体の人間がもっと当たり前に生きられるような社会を目指して、何ができるのか。人は絶対にひとりでは生きられない。それなら気持ちよく暮らしたいじゃないか。「みんな同じ」なんて無理だ。だったらどうすればいいのか。

まだまだ勉強中だけれど、僕はその役目を担《にな》えたらと思っている。

生きるということが、どれほど素晴らしいか。それを生涯をかけて伝えていきたい。

僕が生きると決めて、自立することを目標にした理由は、仲間と生きていきたいと思ったからだ。

それから9年経って、僕にはいったいどれだけの仲間ができただろう。出会ってくれたすべての人にありがとうとしか言えない。

そして今度は僕が、誰かの仲間になっていきたい——。それが僕の命の使い方だ。

経験を社会に還元していく。

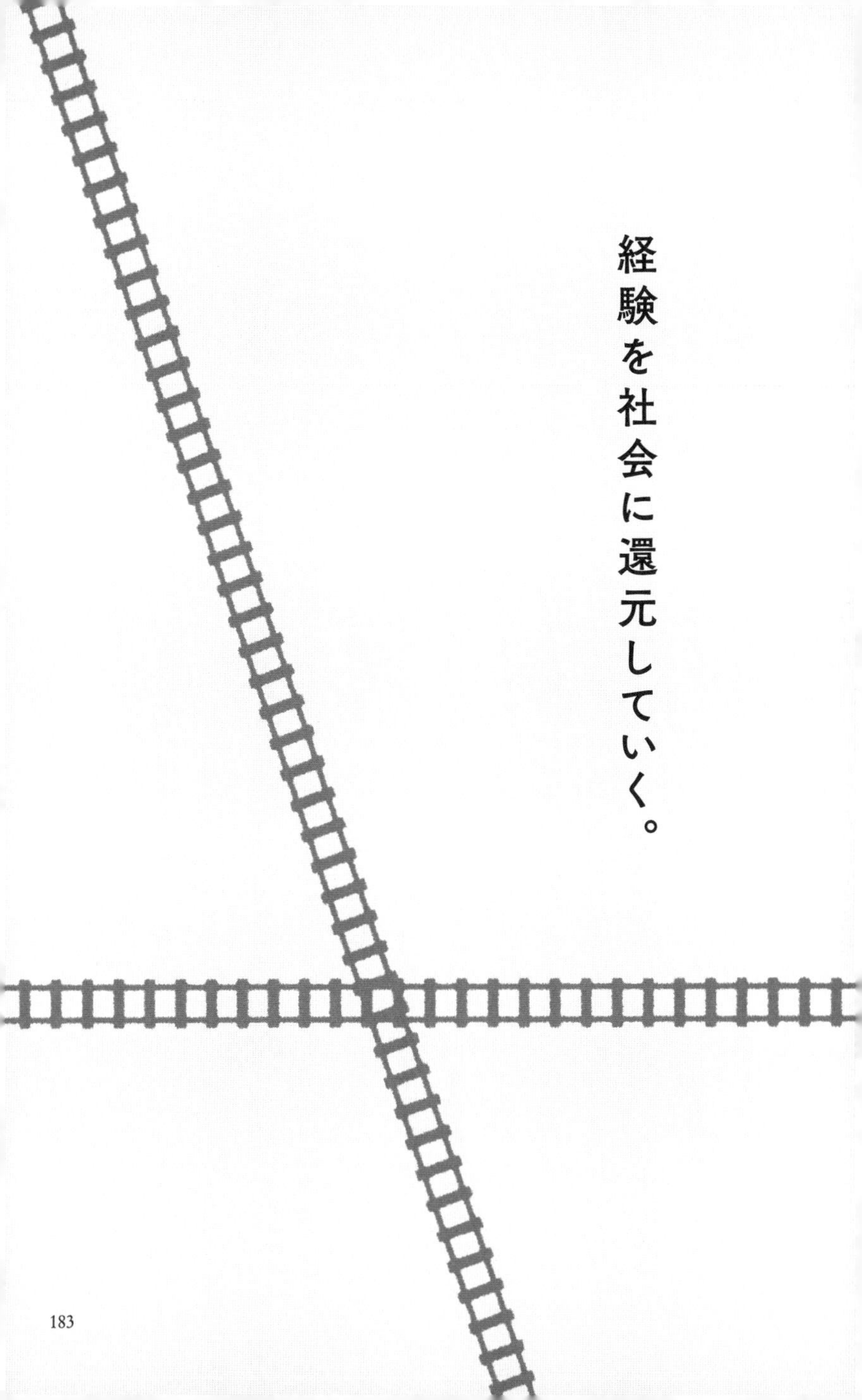

義足の縛りとルールで命は選定されている

事故以来、義足は僕の人生に欠かせない存在になった。

毎朝起きて出社の準備をする際、義足の装着に15～20分くらいかかる。５分の幅があるのは、その日の脚のむくみ具合によって、装着時間に差が出るからだ。

義足を作るとき、装着する人にフィットするように、かなり精密に脚の型を取り、ソケットと呼ばれる装着部を調整するのだけれど、体は生もの、日々の変化があるのは仕方ない。

最初の頃は義足を装着して何度も転倒したから、これまでに8着くらいはスーツを破ってダメにした。今ではあまり転ばないけれど、それでも義足がズボンにこすれて、１年も履けばボロボロになる。

２０２０年から新型コロナウイルスの影響で在宅勤務が増えた。例に漏れず僕も在宅で仕事をしているけれど、義足を履いて歩く機会が減ると、脚部がたちまち太くなって合わなくなってしまうんだ。だから本当は面倒でも、義足は毎日着けて歩かないといけないのだ。

義足は東京都民であれば都が5割、区が4割、自己負担1割で購入できる。また、労災認定を受けている人は、質のよい部品を使った義足を装着できるけれど、僕のように労災が認められなかった場合は、限られた部品で作られた義足を使わざるを得ない。使用したいと思っても、使用できる部品の審査がとても厳しいんだ。利用者が義足について勉強し、「この部品を使いたいんです」と申し出ても、「君の障がいの度合いでは、この部品はいらない。この部品も必要ない」なんて感じに却下されてしまう。

結果、自分の生活と合わない義足や、体に合わない義足、転びやすい義足をつけざるを得ないというのが現状だ。

僕にとって義足はただの道具ではない。命を支えているものだ。それは義足を使っている誰にとっても言えること。命を支える義足に、こんなにも多くの縛りやルールがあるなんて、正直キツい。

オズールとの出会いで考える、これからの社会

僕のそんな状況が激変したのは、アイスランドの義肢パーツメーカー「オズール社」と出会えたから。オズール社は、現在義肢装具の世界シェア2位を誇るメーカーだ。

アイスランドは高福祉国家として知られ、国民の幸福度ランキングも常にトップクラス。そんなお国柄も反映されているのか、利用者ファーストで開発される義足は本当に素晴らしい。

２０１９年、僕は縁あってオズール社の義足モデルとして製品をサポートしてもらえるようになり、その精密な先端技術に心底驚かされたんだ。

たとえば、義足の膝の部分にＡＩの人工知能が組み込まれていて、脚部の力の入り具合で様々な状況判断を行ってくれる。信号で立ち止まって踏ん張っていたら「今は歩こうとしていない」と人工知能が判断し、膝も踏ん張ってくれる。膝を曲

げて歩き出すと、人工知能も反応して、膝のロックが解除されて歩けるというわけ。僕は今、オズール社の義足のおかげで階段も上れるし、坂道も平気。働くことができるし、友だちと遊び、旅行に出かけることもできる。おいしいものを食べに行き、会いたい人に会いにも行ける。

じゃあ足が悪い人は、みんなオズール社の義足を使えばいい、という話ではない。そもそも車椅子が自分に合っている人もいるし、静かに過ごすことが自分らしいと思う人もいるだろう。

でも、誰だって自分に合った、心地のいい生活を送りたいはずだ。そのために必要なことは何かを、僕は考える。

障がい者というカテゴリーに入る僕は、義足のお世話になりながら、今日までやりたいことを割とやって生きてきた。それはとてもラッキーなことだけれど、それができない人も多いはず。

それはなぜだろう？

気持ちの問題とか、状況や環境の問題とか、いろいろ理由はあるだろうけれど、それだけじゃないと思っている。

僕のこれまでの様々な経験を社会に還元していくことができたなら、僕自身どれほど報われるだろう。小さなことからちょっとずつ、社会の力になっていきたいと思っている。

僕は希望を見て生きると決めた。それなら、たくさんの人と一緒に希望を見て生きていきたいと思っている。

チャレンジが好きな僕だから、僕らしく壁を越えていきたい。

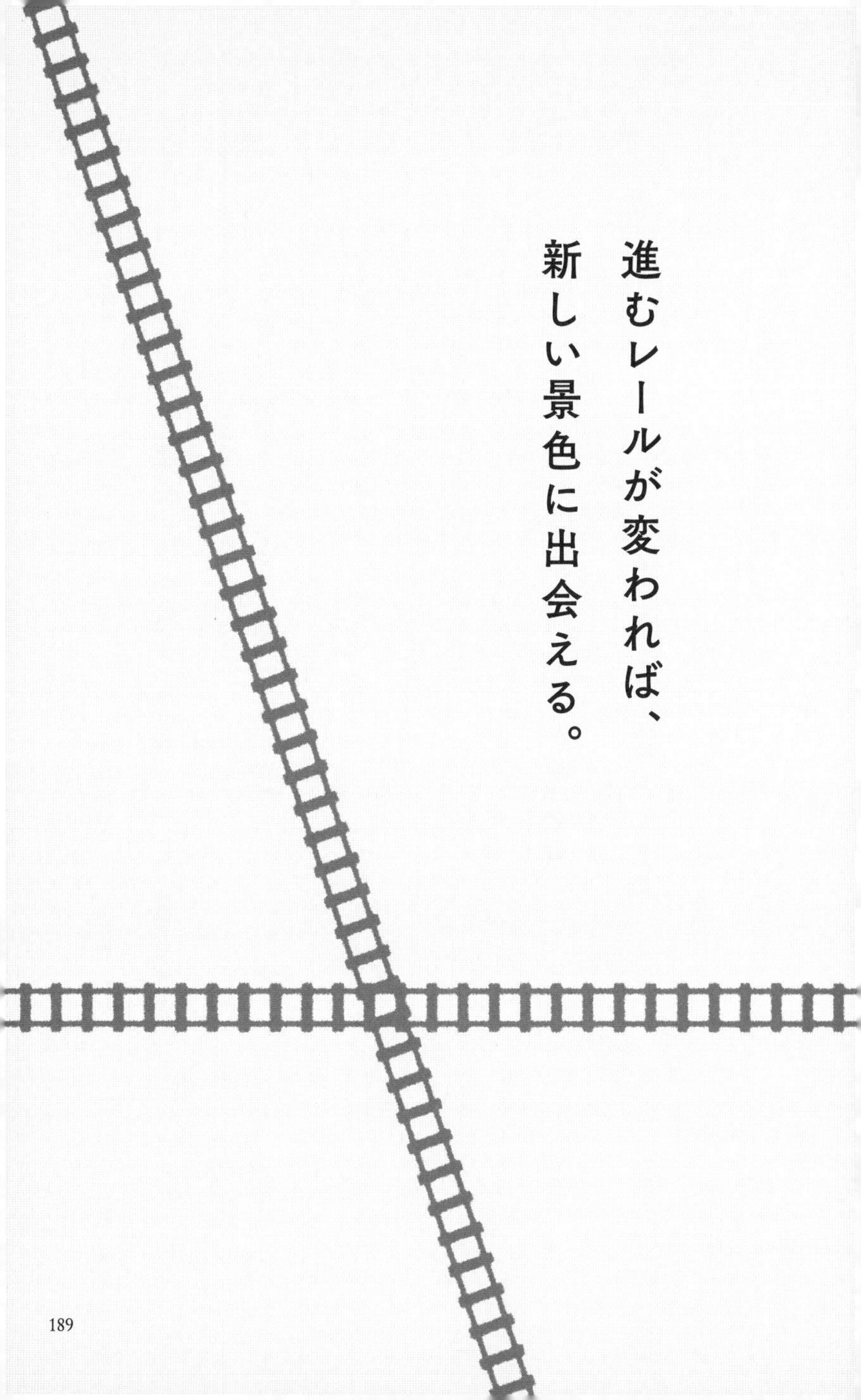

進むレールが変われば、
新しい景色に出会える。

「ひとり旅」と「出かけるときだけひとり旅」の違い

僕の趣味は競馬と旅行。家の近くに競馬場があるんだけど、そこは僕にとって遊園地のよう。馬が走っている様子は美しいし、それを見るのはジェットコースター並みの興奮で気分爽快だ！　もちろん馬券もちゃんと買う。今のところは勝率のほうが高いから、趣味と実益を兼ねる楽しみのひとつ。

そして旅行も大好きでひとり旅が多い。正確に言えば「出かけるときだけひとり旅」。現地に着けば、そこに住む友だちと会って遊ぶし、そうじゃなくても、現地で知り合った人と友だちになって一緒に過ごしてしまうから、「ひとり旅」と言える時間は往復の移動だけ、というわけ。

思い立ったときに往復の飛行機の便があれば、僕はすぐに飛び立つ。「明日、遊ぼうよ。そっちに行くから」なんて具合で、北海道にも沖縄にも行く。

あるとき、「明日、何も予定がないなぁ」と思い、会いたい人を考えてみた。そして、その人たちに会うために飛び立った。

土曜日の朝に羽田を発つと、午前中に北海道に到着し、インスタグラムで知り合った先天性による左全指欠損のそうちゃんとお母さんに会い、そうちゃんの笑顔を見て安心し、午後は現地に住む友だちと遊んだ。そして翌朝、大阪まで飛んで友だちと会い、午後は午後で、また違う友だちと会って東京に戻った。そんな弾丸旅行も平気だ。

ひとり旅で面倒なことと言えば……

僕がひとり旅をすると言うと、ビックリする人も多い。きっとよほど大変に見えるんだろうな。たしかに面倒なこともある。たとえば、ホテルに泊まるとき。

部屋に入ると、僕はまず義足を外す。自宅で移動するときのように車椅子があるわけじゃないから、たとえばお風呂に入りたいと思ったら、左手で匍匐《ほふく》前進をして行かなければいけない。

でも、ホテルの部屋ってみんな靴のまま歩くから、そこを匍匐前進するのはさすがに抵抗がある。そこで僕はフロントでタオルを数枚もらい、それを床に敷いて「自分の道」を作る作業をする……というのがもう面倒になって、マンガ喫茶で仮眠して、朝イチの便に乗って帰るってパターンが多い。面倒なことと言えば、そういうことくらい。

福岡へ旅行をしたときも、そうしようと思っていたんだ。散々食べ歩いて、あとはマンガ喫茶で仮眠して、朝イチの飛行機で帰ればいいかなって。

でも、ふらっと寄ったバーで、店長と従業員のシュンとすっかり仲よくなり、店を閉めてからも話は尽きず、笑い続け、語り明かした。そして結局、朝食まで一緒に取った。うどんをごちそうになったんだ。そんな彼らとの交流はいまだに続いていて、今ではその店は、僕の福岡の行きつけの店となっている。

今の僕ではなかったら、果たして彼らとそういうつき合いができただろうか？

歩くことは新しい景色を見ること

僕が友だちの家で義足を取ってくつろぐと、目の高さが子どもと同じくらいになる。だから、小さな子どもがいる家庭では人気者だ。同じ目線だからすぐに仲よくなれる。

今の僕ではなかったら、果たしてそんな喜びを経験できただろうか？

たしかに、事故に遭って僕が進むレールは大きく変わった。

変わったレールを進んだおかげで、出会うはずのなかった新しい出会いがたくさんあった。

それはきっとこれからだって同じはずだ。僕が歩き続けている限り、新しい景色を見続けることができる。

僕は自分に遠慮しない。どんどん思うままに、その新しいレールを歩いて行こうと思っている。ときには走ったっていい。

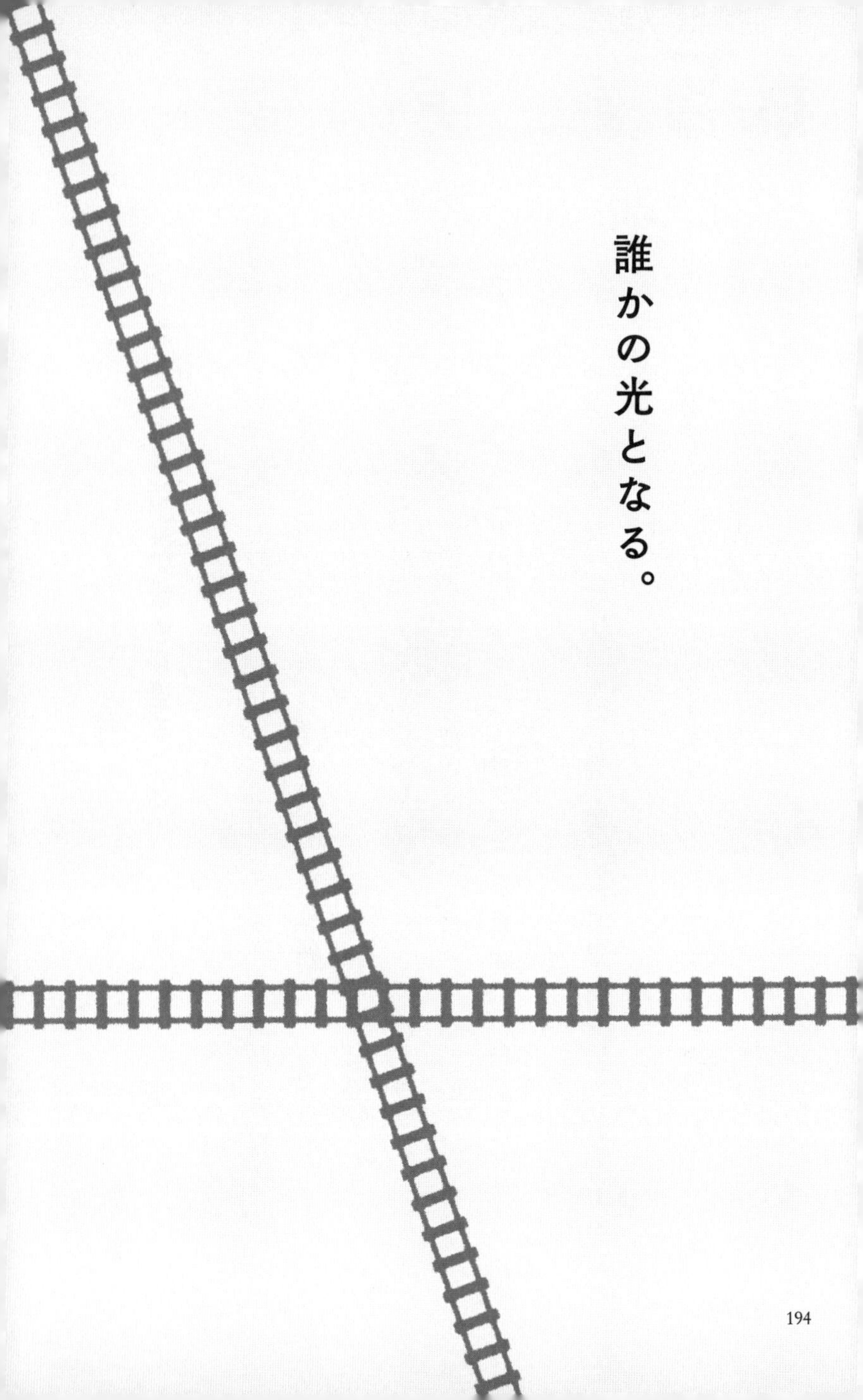

誰かの光となる。

崖っぷちから見た景色

「お前が自死したら、それまでの存在だったと切り捨てるからな！」

兄にそう言われたことがある。

事故に遭った直後、僕はもはや線路に落ちたんじゃない、死の崖から転がり落ちたんだと思っていた。でも医師や看護師、スタッフ、リハビリテーションセンターや職業訓練所など様々なところで出会った人たち、そして仲間や家族の存在があったから、崖から落ちたんじゃない、まだ崖っぷちにいるんだと思えた。そうして、崖から引き返すことができたんだ。

それ以降、「どうせなら、引き返して違う景色を確かめてみよう」と、今日まで歩いてきたような気がしている。

今、僕が見ている景色は、思いのほか希望と優しさに満ちたものだ。それは初めて義足を履いてぐんと視点が高くなったときに見た光景のようだ。

見慣れているつもりが、まったく違う、素晴らしく美しい光景。きっとそれは、今までとは違う視点だからこそ見えるものなのかもしれない。

仲が悪かった兄が、今では陰に日向に僕のそばにいてくれる。

僕がふさぎこんでいたら、「周りを巻き込んでいろいろな人に話を聞かせてもらえよ。それは得意だろう？」と言ってくれたり、「生かされた体をどう使うか、それはお前次第だ」と言ってくれたり。そのたびに言葉が胸にこたえる。

そして、「お前が自死したら、それまでの存在だったと切り捨てるからな！」とも。

僕を誰よりも知っているから、見放すことも、認めてくれることも、いつだって兄が最初だ。

そんな兄から言われた言葉が、今僕が目指すものになった。

「俺にとって、おまえは光だ。だからいつも輝いていてくれ」

僕は誰かの光になりたい。
いや、誰だって、いつも誰かの光なのかもしれない。
それがわかったら、それだけで人生幸せじゃない？　僕はそう思っている。

おわりに

この本の製作が佳境を迎えた２０２１年の5月半ば、僕は撮影のために茨城県ひたちなか市にある「ひたちなか海浜鉄道」を訪れた。

ローカル線を撮影現場に選んだ理由は、僕が義足で線路の上に立っている写真を撮影するためだ。線路に落ちて電車に轢かれた僕が、線路で撮影？　ちょっとシュールじゃない？

でも、僕は大真面目。だって僕にとっての線路は、もはや僕を不幸にしたものではない。リスタートの象徴だ。

僕の第2の人生は、線路から始まったというわけ。

事故に遭って僕の人生は大きく変わった。たしかに絶望の縁に立たされたときもあったけれど、事故に遭わなければ出会えなかった人、経験できなかったことは本当にたくさんある。

見落としてしまいそうな小さな優しさを発見すると、それは全部喜びになる。

先日、こんなことがあった。

ちょっと混んでいる電車に乗ったとき、僕は運よく優先席に座れた。僕の目の前におばちゃんが立つと、つり革につかまりながら僕をにらみつけてきた。そのおばちゃんの鋭い目つきは、「若いのに満員電車で優先席に座っているなんて！」と言っていた（違っていたらごめんなさい！）。

どうしようかと僕が思っていると、おばちゃんは意を決したように「その席は、お年寄りや体の不自由な人が座る席よ！　あなたのような若者がなぜ堂々と座っているの！」とすごい剣幕で叫んだんだ。まるで役者がセリフを言っているように淀みなく言っていたから、きっといつもそういう注意をしているに違いない。

僕は軽く頭を下げて、「すみません、僕は右手と両脚がなくて障害者1級なんです」と言うと、おばちゃんはポカンとして、次の瞬間、「ごめんなさい！」と絶叫したんだ。車内中に響き渡るほどの声で。

僕はこのおばちゃんをとても優しい人だと思った。ちょっと乱暴だけれど、それを言ってくれたおかげで助かる人もいるはずだ。
そんなことを思えるようになったのは、事故に遭ったからだ。

また、歩いている途中で義足が履いている靴ひもがほどけたら、僕はすぐ通りがかりの人に声をかけて結んでもらえるようにお願いする。洋服を買いに行ったときはひとりで試着室に入れないので、店員さんに「両脚が義足なんで、手伝ってもらえますか」とまたお願いする。

どんな場合も、たいてい快く引き受けてくれる。

僕が想像していたより、世間はずっと優しい。そういうことも事故に遭って知ったことだ。

それが経験できたのは、線路を変えたからだ。

線路が変わったから、違う景色を見ることができた。

この本には、僕のありのままを書いた。書き足りないことがあるとしたら、これからの夢だ。やりたいことはたくさんある。たとえば、黒柳徹子さんの『徹子の部屋』ならぬ、僕がホストをつとめる『千紘の部屋』という番組を作ること。僕と同じような普通の人に登場してもらい、その人の魅力を伝えていきたい。

誰の人生にも、たくさんの感動や感謝、気づきがあるはず。でも、なかなか自分ではわからないものじゃない？　僕はそれを事故によって知ることができたわけだけれど、そんな人間の光のようなものを引き出せる番組ができたらいいなと思っている。

もっともっと、人の人生に関わっていきたい。それは、人が好きな僕だからできることでもあると思っている。

この本では、これまで僕に関わってくれた様々な人を紹介しながら、僕が経験したこと、そこから学んだことを伝えてきたけれど、もうひとり、忘れてはならない人がいる。それはオズール社の日本法人、オズールジャパンの楡木《にれき》祥子さんだ。

オズール社の義足が僕にたくさんの可能性を与えてくれたことは紹介したとおりだけど、オズール社と僕を橋渡ししてくれたのが楡木さんなんだ。

義足の学会があったある日、僕は初めて楡木さんと出会った。「あなたがそうなのね」と彼女は言った。

実は、僕がリハビリを受けた国立リハビリテーションセンターの義肢装具師の中村さんから「面白い子がいるんだ」と、すでに僕の話を聞いていたそうだ。中村さんと楡木さんは、国立リハビリテーションセンターに併設されている義肢装具の専門学校の同窓生だったんだって！ そんなご縁から、僕を知っていただいていたわけ。

楡木さんと出会ってからのある日、僕と楡木さんはオズールジャパンの事務所で話をしていた。しばらく話したあと、「私の面接に合格〜」と彼女は言った。僕はそれまでまったく面接を受けていたつもりはないし、それがなんの面接かもさっぱりわからなかったけれど、「悪いことではないらしい」ということはわかった。

結果、僕はオズール社の義足モデルとして、義足をサポートしてもらうという幸運を手にすることができたんだ。さらには、今回の本の出版の話も、楡木さんが橋渡しをしてくれた。縁をつないでくれた恩人として、改めて感謝を伝えたい。ありがとうございました。

そして、この本を手に取っていただいた皆さん、ＳＮＳやユーチューブを通して、いつも僕を応援してくれている皆さんには、ただただ感謝の気持ちでいっぱいだ。皆さんの声がどれほど僕の励みになっていることか！　本当に本当にありがとうございます。

今日まで僕を支えてくれたすべての人に、心から感謝を伝えたい。僕が今ここにいるのは、僕に関わってくれたすべての人のおかげです。ありがとうございました。

最後に、僕を育ててくれた両親と、ずっと味方でいてくれる兄貴、いつもありがとうございます。

たくさんの方に支えられてここまで来られました。これからの僕を見ていてください。精いっぱい、生きていきます。

２０２１年７月吉日

山田千紘

2

❶

❸

どこまでも……

❺

6

❼

❹

⓫

❿

❽

❾

線路は続くよ

⓮

⓬

⓭

❶義肢装具師の中村さんと三ツ本さんと（中）❷コマさん、隆太さんと（中）❸小学校卒業アルバムから❹飛行機と一緒に❺成人式の時にヨシヤと（右）❻児童厚生員のキャサリンと（右）❼お世話になった6Dの看護師さんと（中央）❽義手を食べようとするプロタンさんと（右）❾家族と箱根旅行（左）❿後輩と大井競馬場で（中）⓫寺田ユースケさんとタクと（左）⓬救命外来看護師の笛木さんと（左）⓭一番最初にお見舞いに来てくれた高校の友人、角田と喬太と（左）⓮小須田潤太君と（左）

山田千紘　やまだ ちひろ

神奈川県出身。1991年9月22日生まれ。
20歳の時、会社から帰宅途中に電車に轢かれ利き手と両脚を失う。一時は絶望を味わうも、「仲間と共に生きる」ことを目標に生きることを決意。医師から1～1年半はかかると言われた義足歩行のリハビリを驚異的なスピードの半年でクリア。退院3か月後には車の免許取得。その後、職業訓練を経て就職活動を開始し、同時に1人暮らしもスタート。現在は一般採用で航空関連会社に勤務している。持ち前のポジティブで明るい性格と、「1人でも多くの人を勇気づけたい」という思いでSNSを発信。YouTubeでは片手で料理をする様子や坂道・階段チャレンジ、モーニングルーティンなどを配信し、2021年6月時点のチャンネル登録者数は10万人超。「ないものではなく、あるものを見て生きる」という前向きな生き方は、新聞、テレビ、雑誌など多くのメディアに取り上げられる。明るくさわやかなルックスと男気のある性格で、女性ファンはもちろん熱血男子からも支持されているほか、障がいを持った人やその家族などファン層は幅広い。趣味は競馬と1人旅。ケガで入院中に始めた競馬は毎年プラス収支。旅行は1人で国内外へ出かけ、九州や北海道に「行きつけの店」を持つほど。2021年東京オリンピック聖火ランナーとして出走も決定している。

YouTube：「山田千紘ちーチャンネル」で検索
Twitter：@ chi_kun_cq22
Instagram：chi_kun0922

LIFE
WITHOUT
LIMITATION

JASRAC 出 2105136-101

撮影協力:ひたちなか海浜鉄道株式会社
ブックデザイン:ツカダデザイン
写真:高橋慎一(P204 ～ 205は除く)
編集協力:高橋慎一・楠本知子
編集担当:真野はるみ(廣済堂出版)

線路は続くよどこまでも

手足3本失った僕がどん底から希望を見るまでのすべて

2021年8月3日　第1版第1刷
2021年9月16日　第1版第2刷

著　者　山田千紘
発行者　伊藤岳人
発行所　株式会社 廣済堂出版
〒101-0052 東京都千代田区神田小川町2-3-13 M&Cビル7F
電話 03-6703-0964(編集)
03-6703-0962(販売)
Fax 03-6703-0963(販売)
振　替　00180-0-164137
URL　https://www.kosaido-pub.co.jp

印刷・製本　株式会社 廣済堂
ISBN 978-4-331-52340-7 C0095